Jens Johler

# Beim Verleger

Geschichten aus dem Literaturbetrieb

© 2022 Jens Johler
Herstellung und Verlag: BoD – Books on Demand, Norderstedt
ISBN 978-3-756202-53-9

Jens Johler schrieb Radiofeatures, Theaterstücke, Erzählungen,
Politthriller (Kritik der mörderischen Vernunft) und als
Co-Autor die Biographie der Band Ton Steine Scherben.
Sein Bach-Roman „Die Stimmung der Welt" erschien 2013
und wurde ins Englische und Ungarische übersetzt. Zuletzt
veröffentlichte Jens Johler zusammen mit dem Scherben-Bass
Kai Sichtermann dessen Autobiographie „Vage Sehnsucht". Im
Jahr 2022 erscheint der Roman „Die Begegnung".

# Inhalt

# Beim Verleger

Ich fuhr nach Zürich, um den Verleger zu besuchen. Eine innere Stimme warnte mich davor, aber ich hörte nicht auf sie. Zürich ist eine ganz bezaubernde Stadt, besonders bei schönem Wetter. Fünf Tage hintereinander schien die Sonne, von Mittwoch bis zum Sonntag. Es war sehr warm, und man konnte im Zürisee baden. Ich habe es nicht getan, aber Andrea hat täglich gebadet, manchmal schon vor dem Frühstück. Wir wunderten uns beide mehrmals, dass man in einer weltbekannten Stadt so herrlich Urlaub machen kann. Das hatten wir nicht erwartet. Wir hatten gedacht, wir würden in der Stadt herumlaufen und uns die Häuser anschauen, die ja zum Teil noch aus dem Mittelalter stammen oder aus dem Rokoko. Aber wir waren immerzu am See, auf dem See oder – Andrea – im See.

Wir hatten auch ein gutes Hotel, das Bellerive au Lac. Es liegt, wie der Name vermuten lässt, direkt am See, und zwar am Ostufer, am sogenannten Utoquai. Wenn man, wie wir, ein Zimmer in der vierten Etage hat, kann man einen wunderschönen Seeblick mit Aussicht auf die Berge genießen. Es war nur etwas laut. Unten, zwischen Hotel und Seepromenade, verlief die Straße, und die Autos machten einen mörderischen Lärm. Aber ich hatte meine Ohrstöpsel dabei, und Andrea hatte mich am Telefon gebeten, auch für sie welche mitzubringen. Wenn wir des Nachts die Stöpsel in die Ohren schoben und die Fenster schlossen und die Jalousien herunterließen, war der Lärm durchaus noch zu ertragen.

Es war beinahe erstaunlich, dass mit Andrea alles gut ging, mehr als gut. Schon unser Wiedersehen war eine Freude. Ich kam mit dem Flugzeug aus Berlin, sie mit dem Zug aus Karlsruhe, wo ihr Bruder gerade einen Futonladen aufgemacht hat. Wir hatten uns eigentlich im Hotel treffen wollen, aber weil mein Flugzeug schon um 17.20 Uhr landete und ihr Zug erst um 18 Uhr ankam, und weil es, was ich vorher nicht gewusst hatte, eine direkte Zugverbindung vom Flughafen zum Hauptbahnhof gab, und weil mein Zug sofort losfuhr und Andreas Zug einige Minuten Verspätung hatte, war ich wider Erwarten und gegen unsere Verabredung, auf Plattform vierzehn, noch bevor der Zug aus Karlsruhe einlief.

Wie immer, wenn ich auf Andrea wartete, fürchtete ich, sie nicht mehr zu mögen, wenn sie kam. Sie hatte oft etwas allzu Zielstrebiges und daher Verhuschtes. Sie wieselte, so schien es, mit blinden Augen durch die Gegend, sah weder links noch rechts und war auch nicht darauf bedacht, gesehen zu werden. Aber diesmal! Wie angenehm war ich enttäuscht. Sie war sogar geschminkt. Ja, sagte sie, nachdem wir uns genug umarmt hatten, ihre Mutter habe sie zu einer Kosmetikerin geschickt. Sie habe sich die Augenbrauen zupfen lassen, Lidschatten, Rouge und Lippenstift aufgetragen, aber natürlich alles sehr dezent. Ob mir das gefalle?

„Und ob", sagte ich.

Wir fuhren ins Hotel, machten uns ein wenig frisch, wie es immer heißt, und tranken eine halbe Flasche Champagner. Danach gingen wir in die Marktgasse, um zu essen. Man konnte draußen sitzen und brauchte sich um nichts zu kümmern, weder um die unfreundliche Bedienung

6

noch darum, dass das Fleisch ein bisschen zäh war. Andrea erzählte fleißig von Landau in der Pfalz, wo sie gerade herkam, von ihrer Mutter, ihrer Tante Adelheid, vom Tennisspielen und von ihrem Bruder, der mit seinem Futonladen wieder mal den Vogel abgeschossen hatte –, und alles war sehr friedlich, sehr harmonisch, wie Andrea nicht umhinkam zu bemerken. Anschließend nahm ich noch einen Drink in der Hotelbar, und Andrea aß dazu Vanilleeis. Dann gingen wir zurück ins Zimmer.

Auf dem roten Teppichboden vor meinem Bett liefen ein paar winzig kleine Ameisen herum. Ich nahm eine der Socken, die ich gerade ausgezogen hatte, und zerrieb die Ameisen damit auf dem Teppichboden. Bald schliefen wir ein.

Schon beim Frühstück war ich aufgeregt. Ich hatte einen dösigen Kopf, wie immer, wenn ich zu viel geraucht und getrunken habe, und die Aufregung schlug mir auf den Magen. Andrea bestand darauf, dass ich ein Marmeladenbrötchen aß und bereitete es mir zu. Der Kaffee war sehr bitter, aber der frischgepresste Orangensaft rettete mich. Ich konnte wieder rauchen, das war ein gutes Zeichen.

Nun mussten wir noch die Zeit herumbringen, bis ich zum Verleger in die ***straße fahren konnte. Um 17 Uhr war ich mit ihm verabredet.

Andrea hatte die Idee, bis dahin noch ein bisschen auf dem See herumzufahren. Wir gingen zur Anlegestelle Bahnhofsstraße und nahmen ein Schiff, das uns nach Thalwil fuhr, einem kleinen Ort am Westufer. Wir gingen eine steil ansteigende Straße hinauf, trieben uns eine Weile in der Einkaufsgegend herum, gingen die Straße wieder hinunter und nahmen das nächste Schiff zurück. An der Anlegestelle Zürihorn stiegen wir aus, weil Andrea Hunger hatte. Es gab dort ein Gartenrestaurant, das Kasino.

Andrea aß einen Salat, ich Rösti mit Spiegeleiern. Als ich zur Toilette ging, las ich an der Kabinentür einen Spruch, den ich Andrea unbedingt aufschreiben musste: *Schicken ist fön.*

Langsam schritt die Zeit voran.

Vom Kasino zum Hotel war's ein Spaziergang. Wir gingen am Ufer entlang durch die Grünanlage, vorbei an einem blauen Zirkuszelt, an einem Fischrestaurant, an einer Plastik von Henry Moore und einem Bootsverleih.

Auf dem Kühlschrank im Hotelzimmer, der sogenannten Minibar, liefen ein paar Ameisen herum. Ich zerdrückte sie.

Andrea begleitete mich zum Theaterplatz, wo ich ein Taxi nehmen wollte. Ich bekam auch sofort eines, und Andrea wünschte mir viel Glück. „Lass dich nicht einmachen", sagte sie.

Der Taxifahrer stammte aus Malaysia und sprach mit Schweizer Akzent. Ich fragte, ob ich rauchen dürfe, und er sagte ja. Ich kramte in den Taschen meines Jacketts nach Zigaretten und Streichhölzern und dabei fiel mir auf, dass ich mein Nasenspray vergessen hatte. Ich brauchte es im Augenblick nicht, aber ich war auch noch zum Essen eingeladen, und wenn ich weiter so viel rauchte, würde ich es brauchen. Ich bat den Fahrer, bei einer Apotheke zu halten, und er wurde etwas misstrauisch. Als ich zurückkam, war er sehr erleichtert und taute auf. Er hob eine Plastikflasche mit Erdbeerjoghurt in die Höhe und sagte, „Wahnsinn, alles künstlich, Wahnsinn! Kein Zucker – Assugrin. Wenn ist natürlich, ist zu teuer oder gibt es nicht. Wahnsinn. Muss man gesund leben, viel Gemüse, viel Obst, kein Fleisch. Ist nicht nötig dick sein, kommt von Ernährung. Viel Obst, viel Gemüse, nicht diese künstlichen Sachen. Leute tun Assugrin in Kaffee und essen dickes Stück Torte. Ist Wahnsinn. Oder."

8

Als er mich in der ***straße absetzte, war es zehn vor fünf. Das Haus stand auf einem Eckgrundstück am Waldrand. Es war eine große Villa mit einem etwas verwilderten Garten. Aus einem Fenster im Hochparterre schaute eine Frau heraus, und ich dachte, jetzt hat sie mich gesehen, jetzt muss ich auch hineingehen, sonst denken die, ich habe Angst. Ich wäre aber lieber noch im Wald spazieren gegangen, um nicht überpünktlich zu sein. Ich wollte nicht den Eindruck erwecken, als könnte ich es überhaupt nicht mehr erwarten, dem Verleger die Hand zu schütteln und mich von ihm zum Autor machen zu lassen.

Das Taxi wendete, und ich ging auf die Gartenpforte zu. Ich sah, dass sie mit einer dicken Eisenkette verschlossen war. Macht nichts, dachte ich, dann nehme ich die andere. Ich ging um die Ecke, und tatsächlich gab es noch eine zweite Pforte.

Auf dem Weg zum Haus kam mir ein Hund entgegen. Er war größer als ein Spitz, kleiner als ein Schäferhund und hatte Haare wie ein Rauhaardackel. Ich glaube, er war noch sehr jung und verspielt und hatte keine Ahnung, wie man sich einem unbekannten und noch unveröffentlichten Autor gegenüber benimmt, zum Beispiel ob man/hund ihn beißt oder ob man/hund ihm die Füße leckt. Er schnupperte und hechelte unentschieden an mir herum, und ich dachte, ich sollte mich vielleicht zu ihm hinunterbeugen und ihn streicheln, falls der Verleger gerade aus dem Fenster schaut. Ich hatte schon einmal einen Vertrag mit einem Verleger gemacht, für ein Theaterstück, das damals aber noch nicht aufgeführt war, und der Theaterverleger hatte einen Airedale. Ich habe für Hunde im allgemeinen nicht viel übrig, sie sind mir aber gleichgültig, solange sie nicht bellen oder beißen. Es gibt, glaube ich, nur vier Hundearten, die mir absolut zuwider sind, nämlich Schäferhunde, Doggen, dann diese weißen, fetten, kurzbeinigen, schweineartigen, deren Namen ich mir immer nicht merken kann, und schließlich Airedales. Und trotzdem habe ich den Hund des Theaterverlegers sofort gestreichelt und ihm die Schnauze getätschelt und ihn hinter seinen Airedaleohren gekrault, was er sich alles gefallen ließ, obwohl er mit seinem Instinkt hätte merken müssen, dass ich mich vor ihm ekelte. Vielleicht hat er es aber auch gemerkt und sich genauso widerwärtig verlogen von mir streicheln lassen, wie ich ihn gestreichelt habe.

Diesmal aber streichelte ich den Hund des Verlegers nicht, aus Stolz. Ich dachte auch, vielleicht guckt der Verleger gerade aus dem Fenster und denkt, was für ein unterwürfiger Mensch ist dieser Autor, dass er sich schon bei meinem Hund anfiezt, er hat, wie mir scheint, überhaupt kein Rückgrat, von dem bringe ich nicht eine Zeile. Damit wäre alles aus gewesen. Ich streichele einen Hund, und schon ist meine Karriere ruiniert.

Ich ging die Steinstufen bis zur Haustür hoch und wollte klingeln oder anklopfen, aber die Tür stand halb offen, und da ich schon gesehen worden war und niemanden mehr erschrecken konnte, ging ich ins Haus. Gleich links war eine Garderobe, und irgendwo sah ich ein Poster von einem prominenten Verlagsautor. Zu den Zimmern im Hochparterre führten erneut ein paar Stufen, und während ich es wagte, sie hinaufzugehen, kam eine schwarz- und kurzhaarige Frau herbeigeeilt und fragte mich etwas oder sah mich fragend an. Ich nannte meinen Namen, und sie sagte Achja und zeigte auf eine Tür. Die Tür sprang auf, und ein großer, um die vierzigjähriger, nicht unsympathisch wirkender Mann winkte mich herein. Er gab mir die Hand und sagte, er sei der Verleger.

10

Aha, dachte ich, das ist also der Verleger, und ich schaute ihn mir genauer an. Er trug eine bräunlich-beigefarbene Hose und ein bräunlich-beigefarbenes Hemd, und ich weiß noch, dass ich dachte, wieso zieht er zu seiner bräunlich-beigefarbenen Hose nicht ein anderes Hemd an, das ist doch zu farblos. Er war aber andererseits ein dunkler Typ, er hatte fast schwarze, krausgelockte Haare, und ich dachte, dunkle Typen können sich das vielleicht erlauben.

„Da ist ein Stuhl", sagte er und zeigte auf einen alten, eng-geflochtenen Korbsessel, „den können Sie sich ja heranrücken."

Damit wandte er sich von mir ab und ging zum Schreibtisch. Der Raum, in dem wir uns befanden, war ein kleines, schmales Zimmer, ich würde sagen, drei mal vier. Der Schreibtisch ragte in den Raum hinein, zerteilte ihn und ließ nur eine enge Gasse frei, durch die der Verleger hindurchgemusst hätte, wenn er zum Fenster hätte gehen wollen, um nach dem Hund zu schauen. Das Zimmer lag genau an der Ecke, an der ich in den Garten eingedrungen war.

Ich nahm den Korbsessel, trug ihn hinter dem Verleger her, stellte ihn in die Nähe des Schreibtisches und verstellte damit den Zugang zum Fenster ganz. Den Verleger schien das nicht zu stören, er war sowieso beschäftigt. Er hatte auf seinem Schreibtisch neben anderen Papieren ein Blatt, auf das neben- und untereinander kleine Köpfe geklebt waren, also Porträts. Es waren die Köpfe der Autoren, die das Glück hatten, von ihm verlegt zu werden. Eine Anzahl dieser Köpfe war schon in Reih und Glied geklebt, andere lagen noch als Einzelwesen auf dem Schreibtisch herum und warteten darauf, zu den übrigen hinzugeklebt zu werden. Auch eine Schere fand sich auf dem Schreibtisch.

11

Wenn doch auch mein Kopf schon da läge, dachte ich. Ich saß jetzt in dem eng geflochtenen Korbsessel und fühlte mich unbehaglich. Der Sessel war nicht, wie ich gefürchtet hatte, zu schmal, er war zu niedrig. Während der Verleger, der ohnehin von größerer Statur war als ich, auf seinem Schreibtischstuhl thronte, saß ich in diesem viel zu niedrigen Korbsessel ohne Kissen. Erst jetzt fallen mir die beiden Manuskripte ein, die ich von Berlin nach Zürich und vom Hotel hierhergetragen hatte. Es waren zwei getippte, photokopierte und gebundene Exemplare meiner längeren Erzählung, eine ältere und eine neuere Fassung. Beide zusammen ergaben etwa zweihundert Seiten, und diese hätte ich mir gut und gerne auf den Sitz legen können, um ein wenig größer zu wirken. Vieles fällt einem erst zu spät ein. Ich lehnte mich in meinem Sesselchen zurück und verschränkte die Arme hinter dem Kopf, um lässig auszusehen, aber dabei wurde mir noch unbehaglicher zumute, und ich gab diese Haltung wieder auf.

Er arbeite gerade an einem neuen Prospekt, sagte der Verleger.

Ach, sagte ich.

Nein, sagte er, an einer ganz neuen Aufmachung.

Ach so, sagte ich.

Er habe überhaupt keine Zeit dafür, sagte er, aber er müsse es machen, es gehe nicht mehr weiter wie bisher. „Das Format!" sagte er. „Ich muss das Format ändern. Das alte war gut, es war auch billig, aber ich brauche jetzt mehr Platz. Ich muss es wie die anderen machen, da hilft nichts. Aber natürlich mache ich es ganz anders!"

„Genau wie die anderen", sagte ich.

„Nein", sagte er und hielt ein paar Prospekte anderer Verlage in die Höhe, „so mache ich es nicht. Das Format

12

ja, aber nicht diese Aufmachung. Zum Beispiel das hier, sehen Sie, das geht nicht."

Ich musste mich aus meinem Korbsessel herausbemühen, um zu sehen, was er meinte. Er hatte einen Prospekt aufgeschlagen und zeigte auf einen einzelnen Kopf auf einer Seite, den Kopf eines Dichters inmitten der Titel seiner Werke. Mich störte daran nur, dass ich gebückt, die Hände auf die Oberschenkel gestützt, dastand. Ich hielt es überdies auch für verfrüht, mit dem Verleger fraternisierend über seine Köpfe zu reden.

„Nein", sagte er, „die Köpfe gehören nicht in den Text, das geht nicht."

„Ach ja!" sagte ich, weil ich erst jetzt begriff, woran er etwas auszusetzen hatte. Er fasste das so auf, als wollte ich ihm beipflichten, und ich tat nichts, um diesen falschen Eindruck wieder aus der Welt zu schaffen. Ich war ja auch nicht anderer Ansicht, es war mir nur egal, weil ich noch nicht dazugehörte. Wenn ich mich eines Tages an der Veröffentlichtwerden und Tantiemekriegen gewöhnt hätte, würde ich vielleicht auch daran Anstoß nehmen, dass mein Kopf so vereinzelt dastand, anstatt in Reih und Glied mit all den anderen Verlagsautoren geklebt zu werden.

Die Nähe des Verlegers war mir auch deswegen etwas peinlich, weil ich für mein Empfinden zu stark parfümiert war. Ich hatte mir aus einem kleinen Probierfläschchen Marbert Man etwas Eau de toilette hinter die Ohren und unter die Achseln getupft, weil es ein heißer Tag war, und weil ich so schnell schwitze. Als ich im Hotelzimmer darauf wartete, dass meine Haare trockneten – die Schweizer haben andere Elektrostecker als wir, und im Hotel hatten sie keinen Umstecker, so dass ich meinen mitgebrachten Föhn nicht benutzen konnte –, dachte ich, es gibt an diesem Abend nur drei Gefahren. Erstens, der

13

Verleger ist mir unsympathisch, und ich verpatze alles; zweitens, mir bekommt vor Aufregung das Essen nicht; und drittens, ich schwitze wie ein Idiot und muss mir alle naslang das Gesicht abwischen. Ich steckte sogar mit Bedacht ein Stofftaschentuch ein. Ein paar Tage vorher war ich zu einem Essen bei Viktoria gegangen und hatte mir von Erasmus sagen lassen müssen, ich hätte lauter weiße Fussel im Gesicht, vom Papiertaschentuch. Hier aber, im Verlegerzimmer, war es angenehm kühl, und das Eau de toilette wäre nicht nötig gewesen.

Mir fiel auf, dass der Verleger seine Köpfe ziemlich schief und krumm geklebt hatte, und ich dachte, ich bewahre ihn vielleicht vor einer schweren Verlagsblamage, wenn ich ihn ganz behutsam darauf aufmerksam mache.

„Aber nein", sagte er. „Nein, nein, das ist nur ein *dummie*."

„Ach so", machte ich und setzte mich zurück in meinen Sessel. Ich bewunderte ihn für dieses englischsprachige Wort, das ich im Zusammenhang mit Autorenköpfen und Verlagsprospekten noch nie gehört hatte. Solche Worte haben immer etwas Eingeweihtes. Ich will aber nicht verschweigen, dass sich neben meiner Bewunderung und Sympathie für ihn auch schon ein wenig Ungeduld oder – ich finde jetzt das Wort nicht – Unwillen in mir breit machte. Warum legte er seine dummies nicht beiseite und kümmerte sich um mich? Nun war ich doch da! Ich war zwar etwas zu früh gekommen, aber ich hatte mich doch längst dafür entschuldigt.

„Ach, kommen Sie mal", sagte der Verleger und schob seine Köpfe beiseite. Er ging an mir vorbei, und ich bemerkte, dass der Raum noch eine zweite Tür hatte. Wir kamen in ein großes Zimmer.

„Sehen Sie sich das an", sagte er und zeigte auf einen Stapel von Manuskripten, die gleich links hinter der Tür in der Ecke auf dem Fußboden lagen. Er erinnerte mich an den Stapel ausgelesener oder lustlos durchgeblätterter Zeitungen und Zeitschriften, der bei mir im Parkettzimmer auf dem Fußboden liegt und darauf wartet, in den Keller getragen und in die rote Plastiktonne geworfen zu werden. „Die muss ich alle durchlesen, und zwar am Wochenende."

Ich war mir nun noch mehr bewusst, ihm die Zeit zu stehlen, nicht nur für den Prospekt, sondern auch für die Lektüre dieser Manuskripte. Pikant war obendrein die Tatsache, dass noch vor wenigen Monaten mein eigenes Werk auf diesem Müll gelegen hatte, woran aber keiner von uns ausdrücklich erinnerte. Sechs oder sieben dieser Manuskripte wähle er dann immer aus und lege sie auf einen Extrastapel, sagte der Verleger. Nach ein paar Wochen prüfe er sie nochmal. Bei der letzten Prüfung hatte ihm aus einem Konvolut von dreihundert Manuskripten meine Erzählung „Der Geburtstag" am besten gefallen, das hatte er mir geschrieben. Ich weiß noch, wie froh ich war, dass ich kurz zuvor aus dem Munde meines Freundes Nick das Fremdwort Konvolut gehört hatte und nicht zu stolz gewesen war, ihn zu fragen, was es bedeutet.

Wir ließen den Manuskriptberg liegen und gingen zurück zu unseren Sitzgelegenheiten. Es entspann sich ein Gespräch darüber, wieviel man lesen müsse, um zu wissen, was ein Manuskript tauge. Um mich mit ihm auf eine Stufe – die des Prüfenden und Beurteilenden – zu stellen, erwähnte ich meine Zeit als Universitätsassistent und sagte, ich hätte eine Unmenge von Diplomarbeiten und Klausuren korrigiert und meistens schon nach ein paar Seiten gewusst, was für eine Zensur unten herausfallen würde.

„Nach ein paar Seiten?" sagte der Verleger. „Ich weiß es nach dem ersten Satz!"

15

Diese Bemerkung löste mehr in mir mehr aus, als er ahnen konnte.

Ich hatte einmal eine Kurzgeschichte mit dem Titel „Der erste Satz" geschrieben. Sie handelt von einem Schriftsteller, der niemals über den ersten Satz hinauskam, weil es ihm sofort langweilig wurde, in dem mit diesem Satz beschlossenen Stil weiter zu schreiben und sich nun tage- oder wochenlang in das dadurch gezimmerte Ausdrucksgefängnis einzusperren. Ich hatte gedacht, es wäre eine ganz passable Kurzgeschichte, aber Viktoria, auf deren Urteil ich viel gebe, sagte mir vor meiner Zürichreise, sie fände diese Geschichte katastrophal schlecht, und ich dürfe sie auf keinen Fall dem Verleger zeigen. Als dieser nun vom ersten Satz sprach, löste er in mir einen Reflex aus, und ich begann von der Geschichte zu reden und sie sogar anzupreisen. Dann erinnerte ich mich plötzlich an Viktorias Rat, stockte, sagte mir trotzig, ich müsse doch selbst wissen, ob die Geschichte gut sei oder nicht, konnte mich nicht entscheiden, fürchtete, der Verleger könne mir meine Unentschiedenheit vom Gesicht ablesen, wurde rot, spürte den Angstschweiß auf der Oberlippe, geriet ins Stottern, stammelte und verstummte schließlich. Der Verleger schien sich daran nicht zu stören. Er sprang auf, griff hinter sich ins Regal, zupfte ein Buch von Ambrose Bierce hervor und las mir daraus den ersten Satz vor. „Das ist doch was", sagte er, „das haut doch hin, so muss es doch sein." Und während ich mir noch zum Vorwurf machte, dass nicht ich der Verfasser dieses gelungenen ersten Satzes sei, war er schon wieder in Gedanken bei seinem Manuskriptberg und der darin verborgenen Rechtschreibung. „Die Leute können kein Deutsch", sagte er, „von der Zeichensetzung bis zur Groß- und Kleinschreibung. Was ich da schon erlebt habe! Man kann sich natürlich über den Duden hinwegsetzen, aber bewusst! Nicht aus Unkenntnis! Bewusst!"

Wenn irgendjemand einen anderen anklagt, beschimpft, verurteilt oder verachtet, versetze ich mich immer blitzschnell in die Lage dessen, der angeklagt, beschimpft, verurteilt oder verachtet wird, anstatt mich auf die Seite dessen zu begeben, der anklagt, beschimpft, verurteilt oder verachtet. Ich weiß, dass es so ist, ich weiß, dass es nicht gut ist, aber ich weiß nicht, wie ich da herauskomme. In diesem Falle war ich zum Beispiel sofort auf der Seite derjenigen, die keine Rechtschreibung können. Ich brachte es fertig, in einer Situation, in der es für den unbekannten und noch unveröffentlichten Schriftsteller um Alles oder Nichts geht, dem Verleger ins Gesicht zu sagen, ich wüsste auch oft nicht, wann ein Komma zu setzen sei und wann nicht, oder wann man etwas groß schreibe und wann nicht. Ich sei sogar im Stande, sagte ich, das von ihm erwähnte Wort imstande mal groß zu schreiben und mal klein.

„Aber der Duden!" sagte der Verleger mit Recht protestierend.

Ich fuhr mir mit dem Zeigefinger über die Oberlippe. Auf dem Schreibtisch stand ein blauer Plastikaschenbecher. Ich kann mir nicht vorstellen, dass alle seine Autoren Nichtraucher sind, dachte ich, vielleicht lässt er mich ja rauchen, obwohl ich noch nicht sein Autor bin.

„Aber bitte", sagte der Verleger. „Ich will nur selbst nicht wieder anfangen, es wird leicht zu viel."

Das war menschlich und sympathisch. Nur mit Mühe unterdrückte ich einen längeren Monolog über das Rauchen, über meine Erfahrungen mit Sucht und Entzug und über den Zusammenhang von Rauchen und Schreiben, der bei mir so aussähe, dass ich nicht schreiben könnte, wenn ich gerade wieder rauchte. Stattdessen zündete ich mir eine an.

„Hebe, hübe, höbe!" sagte der Verleger jetzt und lachte.

Ich hatte den Zusammenhang nicht mitgekriegt und lachte auch.

„Schiebe, schübe, schöbe!" schrie er und kugelte sich vor Vergnügen. „Und das bei Chandler, Hammett, Ross Macdonald! Da spricht im Original ein Penner oder ein Ganove, und diese Leute machen ihn mit ihren Konjunktiven zum Professor!"

Ach, die Übersetzer.

„Ziehe, züge, zöge!" sagte er mit hoch erhobenem Zeigefinger, aber es zündete nicht mehr, weder bei mir noch bei ihm.

Um lässig zu wirken, verschränkte ich noch einmal die Arme hinter dem Kopf.

„Also", sagte er und kam nun endlich auf unser gemeinsames Anliegen zu sprechen, „Ihre Kurzgeschichte über die Amerikareise, vorzüglich! Gefällt mir!"

Das Aber kommt gleich, dachte ich und zog den Kopf ein. Er hatte mir schon in einem seiner Briefe mitgeteilt, dass er die Kurzgeschichte besser fände, reifer als „Der Geburtstag". Er wollte sie in seinem Literaturmagazin abdrucken. „Schreiben Sie mal Ihren Namen und Ihr Geburtsdatum auf", sagte er und gab mir einen gelben Zettel. „Für die Autorenangaben."

Ich hatte mir zu Hause mehrfach überlegt und mit Andrea durchgesprochen, ob und wann ich dem Verleger sagen sollte, dass der Name, den ich bisher benutzt hatte, ein Pseudonym sei.

„Du brauchst es doch überhaupt nicht zu sagen", hatte Andrea gesagt.

„Aber ich muss doch!"

„Wieso, er wird es nie erfahren."

„Doch, wenn ich den Vertrag unterschreibe."

„Wieso? Du kannst ihn doch mit deinem Künstlernamen unterschreiben."

„Nein, das hat dann keine Rechtskraft."

„Lass dir den Namen doch in deinen Ausweis eintragen."

„Nein. Das geht nicht." Ich hatte deswegen schon beim Einwohnermeldeamt angerufen. „Sie bekommen die Eintragung nur", hatte die junge Dame am Telefon gesagt, „wenn Sie nachweisen können, dass Sie ein Künstler sind."

„Wie soll ich das nachweisen?"

„Durch Verträge, Programme, Kritiken und so weiter."

Ich hatte keine Verträge, Programme, Kritiken und so weiter, und damit hatte sich die Sache erledigt. „Wenn ich mit meinem Pseudonym unterschreibe", sagte ich zu Andrea, „dann ist der Vertrag nicht gültig."

„Tu's trotzdem", sagte sie, „es merkt ja niemand."

„Doch", sagte ich, „es fliegt sofort auf, wenn sie mir das Geld überweisen wollen. Die Bank gibt mir kein Konto auf den falschen Namen."

So weit war ich schon! Mein Manuskript lag auf dem Fußboden bei einem Zürcher Verleger, und ich zergrübelte mir den Kopf darüber, wie ich das Geld einstreichen könnte, ohne meinen Namen preiszugeben. Und nun, wo überhaupt kein Anlass dazu bestand, nahm ich meine Visitenkarte aus der Brieftasche und hielt sie dem Verleger hin. Er machte ein angewidertes Gesicht und sagte, es sei ihm egal, wie ich heiße, von ihm aus könne ich heißen, wie ich wolle, ich möge nur irgendetwas aufschreiben, er drucke alles. Die Visitenkarte nahm er trotzdem und steckte sie geschwind in eine blassrosa Mappe. Ich schrieb meinen falschen Namen auf den gelben Zettel, fügte mein richtiges Geburtsdatum hinzu und schrieb noch: lebt in

Berlin. Dabei verschrieb ich mich. Ich musste es korrigieren, und es sah hässlich aus. Ich fragte den Verleger, ob ich es nochmal schreiben solle, und er sagte nein. Jetzt hält er mich für einen Legastheniker, dachte ich.

„Ja", sagte der Verleger, „Ihre Kurzgeschichte ist gut, aber dies hier – " Er hatte wie durch Zauberei meine Erzählung vor sich liegen und wiegte nun den Kopf bedenklich hin und her. „Leider bin ich nicht dazu gekommen, sie noch einmal ganz durchzulesen", sagte er, „aber ich kann Ihnen auch so sagen, was mir daran noch nicht gefällt. Die Geschichte ist in der Ich-Form geschrieben, das ist nicht gut. Schreiben Sie den ganzen Kram um in die dritte Person, nennen Sie den Kerl einfach Benjamin und basta. Und dabei Sie sollten noch einmal alles – "

Nein! dachte ich und nahm einen entschiedenen Zug aus meiner Zigarette. Nicht noch einmal! Das Spiel kannte ich. Das hatten wir schon gehabt. Er hatte mir bereits im April geschrieben, ich sollte das Dings nochmal ganz neu anpacken und knapper, sinnlicher, farbiger, drastischer, plastischer machen. Wörtlich! Fehlte nur noch: nobelpreisreifer. Aber man kann nun mal, wie Ingrid Steeger in der NDR-Talkshow sehr richtig sagte, nichts rausholen, was nicht drin ist. Und wenn man's doch versucht, zerstört man auch noch das, was vielleicht drin gewesen wäre. Ich hatte ja schon alles versucht. Ich hatte das Dings knapper, sinnlicher, plastischer und elastischer gemacht, obwohl ich überhaupt nicht wusste, was er sich darunter vorstellte. Ich hatte es überarbeitet, und er hatte die neue Fassung vor sich liegen, in weißem Einband, um satte zehn Prozent kürzer, knapper, sinnlicher und so weiter als die alte, bordeauxrote Fassung, die ich ihm vor genau dreihundertachtundfünfzig Tagen geschickt hatte. Er hatte sie nur zur Hälfte durchgesehen, und ich sollte alles nochmal neu anpacken, ja grüezi wohl, Herr Verleger, segget Sie, wie lebbet Sie, wie san Sie also dra?

Er war übrigens – damit keine Missverständnisse entstehen – Norddeutscher. Ich aber auch.

„Nein", sagte ich, „oder ja, natürlich, alles nochmal durcharbeiten, ist ja ganz klar, nur weiß ich nicht, ich wüsste gern – "

„Wissen Sie", sagte er verlegerisch, „Sie überarbeiten es in dem Sinne, in dem ich begonnen habe, es zu lektorieren – natürlich nur, wenn Sie es auch vertreten können – und dann kommen Sie in ein paar Monaten nochmal her und – "

„Nein!" – Ob man mir's glaubt oder nicht, ich sagte es.

„Wie?" machte er erstaunt, „Sie wollen nicht – ?"

„Nein", sagte ich. „So nicht."

Ich muss in dem Moment nicht mehr ganz bei mir gewesen sein, sonst hätte ich diesen Ton nicht angeschlagen. Hatte ich keine Zigaretten mehr? Doch, doch, ich zündete mir auch sofort eine an, damit ich wieder lächeln konnte und es mir nicht für immer mit dem Verderber –

„Woran schreiben Sie denn jetzt?" fragte er harmlos.

„Ich weiß nicht, ob ich ehrlich sein soll", sagte ich.

„Aber ja, warum denn nicht."

Ich wusste genau, dass ich nicht ehrlich sein sollte! Erasmus hatte ganze Theorien darüber aufgestellt, über die sogenannten Ehrlichkeitszwänge und alles, was damit zusammenhängt, ich hatte jahrelang Gelegenheit gehabt, mir etwas davon einzuprägen und mich entsprechend umzuschulen, ich hatte auch fast täglich das Beispiel von Andrea vor Augen, die es sehr gut verstand, zu schweigen und zu lügen, wenn es ihr nützte und niemand anderem schadete, aber ich war zu dumm dazu, zu einfältig, zu schwach. Das ist die Wahrheit. „Ich habe seither nichts geschrieben", sagte ich.

„Nichts?" sagte der Verleger entsetzt, fast tonlos. „Nichts", sagte ich. „Nichts Nennenswertes, also nichts." Nun war endlich alles verpatzt. Das war's wohl, worauf ich hinauswollte. Jeden noch so kleinen Erfolg machte ich mir schon im Ansatz zunichte, damit ich bis ans Ende meiner Tage so klein blieb, wie mein Vater mich gemacht hatte. Ich gebe meinem Vater die Schuld. Wem sonst? Schon als ich noch erst drei war, hatte er mich wegen einer Bagatelle an einen Stuhl gefesselt und im Keller eingesperrt. Ich vergesse ihm das nie, und wenn er tausendmal tot ist. Nur seinetwegen saß ich jetzt an einen Korbstuhl gefesselt dieser verlegerischen Vaterfigur gegenüber und bekannte mich schuldig, seit einem Jahr nichts getan zu haben.

„Ja wie?" sagte er. „Machen Sie nicht weiter?"

„Doch, doch", sagte ich schnell, um noch zu retten, was zu retten war, und begann von Tagebüchern zu fabeln, von Skizzen, Notizen, von ersten Ansätzen, Vorstudien, die aber noch nicht spruchreif wären, und so weiter. Das rettete zwar nichts, war aber immerhin gelogen. Ich hatte im letzten Jahr vor allem Tennis gespielt und ferngesehen.

„Sie müssen mich verstehen", sagte der Verleger, „ich bin nicht an einem einzelnen Buch interessiert, mir geht es um den Autor."

Verstand ich ja. Um den ging es mir auch.

„Ich werde doch nicht einen Erstling, einen typischen Erstling veröffentlichen, wenn nichts nachkommt. Es gibt zwar in der Literaturgeschichte immer wieder Beispiele von Autoren, die nur ein einziges Buch geschrieben haben und doch ein Meisterwerk, ich denke an ‚Gefährliche Liebschaften' von ..." Er kam nicht auf den Namen.

„Der war aber auch schon ziemlich alt", sagte ich.

„Sie habe ich mir auch jünger vorgestellt."

„Ich sehe nur so aus. In Wirklichkeit bin ich erst drei."

Konnte er natürlich nicht verstehen. Ich hätte ihm von meinem Vater und der Maus erzählen müssen, dann vielleicht. Die Maus war ja der Auslöser der ganzen Geschichte gewesen, eine tote Maus. Sie hing an ihrem Schwanz zwischen Daumen und Zeigefinger eines Nachbarkindes namens Susi und erschreckte mich zu Tode. Ich wehrte mich gegen den Kadaver in meinem Gesicht, indem ich auf Susi losging sie kratzte und biss. Das kam meinem durch Susi Vater zu Ohren, und darauf folgte die Strafe mit der Fesselung an den Stuhl. Seitdem war ich die Maus.

Von einem anderen Autor und dessen Erstlingswerk berichtete nunmehr der Verleger. Ich kannte das Buch, Andrea hatte es mir geliehen, und ich fand es ganz nett, aber –

„Aber", sagte der Verleger, „es hat einen Konstruktionsfehler, es ist ein Erstlingswerk, sehr typisch, man weiß nie, wer spricht, ist es der Autor oder ist es seine Figur? Mal ist es dieser, mal ist es jene, das ist das Zeichen eines Erstlingswerks. Ich hätte es auch nie herausgebracht, wenn der Mann nicht schon sein nächstes fertiggehabt hätte, ‚Im Lande der Pharaonen', sehr viel besser, Sie kennen es?"

Ich kannte es nicht. Weder Land noch Buch. Aber verstanden hatte ich schon. Ich sollte nach Hause gehen und ein besseres Buch schreiben, damit er sich nicht weiter mit meinem Erstling herumzuquälen brauchte. Hatte er mich (auf meine Kosten, versteht sich) nach Zürich kommen lassen, um mir das zu sagen? Und warum bot er mir nicht endlich was zu trinken an?

Ich hatte einen trockenen Mund. Ich saß jetzt ungefähr eine Stunde in diesem langsam doch ein bisschen verräucherten Zimmer und dachte, wie überstehe ich bloß den Abend? Ich war ja noch zum Essen eingeladen, es war, wie mir die Sekretärin geschrieben hatte, an ein Abendessen in der Nähe des Verlages gedacht. Und nun noch nicht mal Kaffee, Cognac oder Mineralwasser! Gerade fing ich an, mich innerlich darüber aufzuregen, da schwenkte der Verleger von seiner harten Linie auf eine etwas weichere um. „Wollen Sie Kaffee?" fragte er. „Oder Mineralwasser?" Cognac, dachte ich. Cognac, Cognac!

„Oder Tee?"

„Am liebsten Mineralwasser."

Er sprang auf, öffnete die Tür zum Nebenzimmer, wo sich die Hoffnungen der unbekannten und noch unveröffentlichten Autoren auf dem Fußboden übereinander türmten, und gab der Sekretärin den Auftrag. Wenig später kam sie – es war dieselbe kurz- und schwarzhaarige Dame, die mich schon im Treppenhaus abgefangen hatte – mit seltsamerweise zwei vollen Gläsern und einer noch ungeöffneten Flasche herein und stellte sie hinter ihm auf den Tisch. Er reichte mir ein Glas, und ich leerte es bis fast auf den Grund.

„Kann ich denn davon ausgehen, dass Sie weitermachen?" sagte der Verleger, wie um das Thema abzuschließen.

„Ja", sagte ich, „natürlich. Ich muss doch irgendwie den Tag herumbringen."

„Also gut", sagte er und zeigte auf das Manuskript im weißen Einband, „was machen wir jetzt damit?"

„Entweder Sie bringen es so, wie es ist", sagte ich, „oder Sie lektorieren es ganz."

„Keine Zeit!" jammerte er wieder. „Ich bin zu achtzig Prozent Unternehmer. Verwaltungsangelegenheiten, Banken, Prospekte, Gerichtsprozesse!"

„Andere Bücher werden auch lektoriert."

„Ja, Suhrkamp!" rief er aus. „Die haben zwanzig, dreißig, vierzig Lektoren!"

„Andere Bücher in Ihrem Verlag."

„Ach ja, früher!" sagte er gerührt. „Da hatte ich noch Zeit. Da habe ich noch mit den Autoren um jedes Wort gefeilscht. Ich habe sie persönlich aufgebaut. Ich bin mit ihnen groß geworden, und sie mit mir!"

Wie beneidete ich diese Autoren, die das Glück gehabt hatten, ihm ihre Erstlingswerke noch in jener Pionierzeit vorzulegen! Mich wollte er, wie er jetzt sagte, sogar ganz ohne Lektoratsarbeit in die Arena schicken. „Sozialdarwinismus!" sagte er und schaute mich bedeutsam an. „Den Autor seinem Schicksal überlassen und den Kritikern. Die werden ihn schon zurechtstutzen!"

Sollten sie. Den unbekannten und noch unveröffentlichten Autor schreckt der Gedanke an Kritiken nicht. Wenn ich doch erstmal so weit wäre! denkt er.

„Von mir aus können Sie es so bringen", sagte ich.

„Nein", sagte er, „so geht's nicht, damit blamieren wir uns beide. Schauen Sie ..." Er blätterte in der weißen Fassung herum und sah die Fülle eigener Anstreichungen, die nach sechzig Seiten schlagartig aufhörten. Und nun, obwohl er keine Zeit hatte, begann er wie in alten Tagen um ein Wort zu feilschen. Es ging, das werde ich nie vergessen, um das Wort wohlverdient, das ihm aus einem ganz bestimmten Grunde nicht gefiel, er wusste nur nicht mehr genau warum. Er hatte es angestrichen, aber das war lange her. Irgendetwas an dem Wort war faul, aber was? Er müsste sich da erstmal wieder einlesen, sagte er, aber dazu hätte er keine Zeit. Die Banken! Die Prozesse! Der Prospekt! Er wüsste auch gar nicht, sagte er plötzlich vipernartig zustoßend, offensichtlich um sich aus seiner Zeitjeremiade heraus in eine Position verlegerischer Stärke hineinzukatapultieren, ob er die Erzählung überhaupt veröffentlichen solle! „Ich schwanke immer noch, ich überlege! Lohnt es sich, lohnt es sich nicht, mache ich einen Fehler, wenn ich es bringe, oder mache ich keinen, ist es überm Strich, oder ist es unterm Strich?"

Ich konnte es kaum glauben. Es war alles wieder offen! Ich war nach Zürich gefahren, weil ich sicher war, dass er mir den Vertrag anbieten würde, er hatte mich in einem seiner Briefe schon gefragt, ob ich mit einer Taschenbuchausgabe einverstanden wäre, und plötzlich musste ich mir dieses Hin und Her anhören, und zwar nicht über irgendwelche Köpfe, die er hierhin oder dorthin kleben wollte, sondern über den einzigen lebenden Autor, der ihm gegenübersaß!

Vielleicht erwähne ich jetzt doch Viktoria, dachte ich.

Ich hasse und verachte von ganzem Herzen das sogenannte name dropping, das heißt das beiläufige und zugleich wichtigtuerische Erwähnen berühmter Namen, mit deren Trägerinnen oder Trägern man in dieser oder jener Hinsicht zu tun hat oder zu haben glaubt. Wirklich, ich hasse es. Andererseits – was soll man machen, wenn man solche Leute kennt? Es verschweigen oder verheimlichen? Oder soll man von vornherein vermeiden, sie kennenzulernen? Und was ist mit denen, die man schon kannte, bevor sie berühmt wurden? Muss man sie wieder fallen lassen, damit man nicht in die Versuchung kommt, ihren Namen zu erwähnen? Ich kannte Viktoria schon seit über zwanzig Jahren, und inzwischen war sie eine nicht ganz unbekannte Schriftstellerin.

Ob ihm der Name Viktoria *** bekannt sei, fragte ich.

„Ja?" sagte der Verleger und runzelte die Stirn.

Oh Gott, dachte ich, er mag sie nicht. Das hätte ich mir denken können! Sie passt auch nicht in seine Richtung. „Naja", sagte ich schnell, „sie ist vielleicht nicht jedermanns Geschmack, sie fabuliert auch manchmal ziemlich drauflos, aber – "

26

„Nein, nein", sagte er, „ich finde sie sehr gut!"

„Jaja, ich auch, ich arbeite mit ihr zusammen", sagte ich nun schon mich überhastend. Und schamlos berichtete ich von unserer Arbeit für den Rundfunk, von Viktorias Urteil über meine hier in Frage stehende Erzählung, das sehr positiv gewesen sei, von ihren Presse- und Verlagsbeziehungen und von den Rezensionen, die sie schreiben würde, wenn mein Buch herauskäme. Sie würde mich nicht zurechtstutzen, sagte ich.

„Gut", sagte der Verleger, nachdem er sich das alles angehört hatte, „machen wir es so: ich lese das Ding nochmal durch, lektoriere es und schicke es Ihnen zusammen mit dem Verlagsvertrag. Sie machen dann die Änderungen, die Sie für richtig halten. Einverstanden?"

Ich hab's! dachte ich. Jetzt hab ich's! Aber Freude kam nicht auf. Ich wäre nur gern aufgestanden, hätte ihm die Hand geschüttelt, der Sekretärin nochmal zugewunken und das Weite gesucht. Aber ich war ja noch zum Essen eingeladen.

„Kleinmeister!" sagte der Verleger jetzt im Plauderton. „Alltagsgeschichten, aber durchgearbeitet bis ins Letzte!"

Ich knippelte an meinen Fingernägeln.

„Nächstes Jahr die Taschenbücher!" sagte er. „Auch Kriminalromane! Friedemann Klaes."

„Kläs?" sagte ich.

„Klaas", sagte er. „Man spricht das E nicht mit."

Ich hatte einen Kriminalroman von diesem Klaes gelesen, auch einige Kurzgeschichten, und ich fand jede Zeile von ihm unerträglich. Aber durfte ich das sagen? Ich durfte es nichtmal denken. Er war ein Autor aus demselben Stall. Ich nickte nur und lächelte und zündete mir wieder eine an. Es war inzwischen so verqualmt, dass ich es kaum noch aushalten konnte.

„Katholisches Internat", sagte er. „In Holland."

„Klaes?" sagte ich.

„Nein, ich selbst. Viel Thomas Mann-Lektüre. Schopenhauer! Später Arno Schmidt. Und wieder Schopenhauer!" Das kann er mir doch alles noch beim Essen erzählen, dachte ich. Warum gehen wir nicht endlich? Ich hatte mein Mineralwasser längst ausgetrunken. Die neue Flasche hatte er nicht geöffnet.

„Die besten deutschen Autoren!" sagte er. „Ich habe die besten!"

„Und Thomas Bernhard?" sagte ich, weil mir so schnell kein anderer einfiel. „Und Wilhelm Genazino?"

„Na schön", sagte er, „aber wissen Sie was? Mit dem Essen wird es heute leider nichts, Sie sehen ja." Er hatte wieder seine Köpfe hervorgezaubert, die Köpfe des besten deutschsprachigen Autoren außer Thomas Bernhard und Wilhelm Genazino.

„Ist gut", sagte ich. „Bestellen Sie mir ein Taxi."

Er ging zur Sekretärin und bat sie, mir ein Taxi zu bestellen. „Sie können auch mit der Straßenbahn fahren", sagte er, als er zurückkam, „die Haltestelle ist gleich um die Ecke." Er wäre mich dann schneller losgeworden.

Nun standen wir in dem kleinen Zimmer herum und traten von einem Bein aufs andere. „Kann ich Ihnen eines von meinen Büchern anbieten?" sagte er für mich sehr überraschend. „Haben Sie einen Wunsch?"

„Ich Ich Ich", sagte ich.

„Wie bitte?"

„Den Roman", sagte ich.

„Wie? Den kennen Sie noch nicht?"

„Nein, leider."

„Einer der besten!" sagte er und holte das Buch aus dem Regal. Dabei fielen ihm noch weitere Bücher ins Auge, und plötzlich wusste er sich vor Freigebigkeit nicht mehr zu halten. Ich hatte mein Jackett schon angezogen, hielt die weiße und die bordeauxrote Fassung in der Hand, und er packte immer noch mehr drauf. Bücher über Bücher! Auch Friedemann Klaes war dabei. „Kommen Sie" sagte er schließlich, „wir können ja draußen auf das Taxi warten." Ist mir lieb, dachte ich. Frische Luft! Der Hund kam wieder angesprungen und wollte mir die weiße Hose einsauen. Der Verleger hielt ihn davon ab, aber es sah so aus, als wollte er den Hund vor mir schützen. Wir gingen zur Pforte, die mit der Eisenkette verschlossen war. Die Kette hing lose über den Holzlatten. „Wir haben kein Schild an der Tür", sagte der Verleger, „extra nicht. Die Leute kommen scharenweise her und wollen ihre selbstgeschriebenen Sachen vorzeigen. Gedichte, Erzählungen, Kurzgeschichten, Romane. Man erlebt die absurdesten Szenen, das müsste mal einer aufschreiben!"

„Tun Sie's", sagte ich.

„Keine Zeit", sagte er.

Das Taxi kam nicht. Schließlich kam es doch, und der Verleger öffnete mir die Tür, weil ich so mit Büchern vollgepackt war, und weil er froh war, endlich wieder zu seinen Köpfen gehen zu dürfen.

Andrea war im Hotel. Es war kurz nach sieben. Wir gingen wieder in Zürihorn essen. Ich erzählte alles mehrmals von vorn bis hinten und bemühte mich, davon loszukommen. Andrea behauptete am nächsten Tag, ich hätte mich gut gehalten. „Ist doch alles bestens", sagte sie. „Du hast erreicht, was du wolltest."

„Nein", sagte ich, „ich habe mich von ihm kleinmachen lassen. Ich war die Maus."

„Unterm Strich hast du erreicht, was du wolltest", sagte sie.

29

„Unterm Strich, überm Strich – hör mir bloß auf damit!"
Der Wein war gut. Auch an diesem Abend.
„Hopschlodel", sagte sie.
„Was?"
„Er ist ein Hopschlodel."
„Was ist das?"
„So einer wie er."
„Wie schreibt man das?"
„Keine Ahnung."
„Steht es im Duden?"
„Kann ich mir nicht vorstellen."
„Ich schreibe es trotzdem auf", sagte ich. Ich holte mein Notizbuch hervor und schrieb das Wort, wie es aus ihrem Munde geklungen hatte.

# Das Literaturfest

Viktoria hatte meine Erzählung „Beim Verleger" an Manfred Müritz weitergegeben, Manfred Müritz hatte sie an Sebastian Meckel weitergegeben, Sebastian Meckel hatte sie an Frau Adler, eine Hamburger Verlegerin, weitergegeben, und die fand die Erzählung auch ganz gut. Frau Adler ließ sich noch weitere Manuskripte von mir schicken, und ein paar Wochen später erhielt ich die Einladung zu einem Fest, das der Verlag veranstalten wollte.

Es wäre mir natürlich lieber gewesen, wenn die Verlegerin mich allein eingeladen hätte und nicht nur zu so einem Fest, auf dem sich vielleicht hundert oder noch mehr Leute tummelten. Aber – soviel habe ich aus Grimm's Märchen gelernt – man kann nicht immer nur auf das warten, was einem lieber wäre, sonst sitzt man am Ende wieder da, wo man herkam.

Also beschloss ich, hinzufahren.

Mithilfe eines Hotelführers fand ich heraus, dass das „Alsterruh" sich in der Nähe des Verlagsgebäudes befand. Ich rief an, um mir ein Zimmer zu reservieren, aber man hatte keins mehr und empfahl mir stattdessen das „Nippon".

Das „Nippon" hat nicht nur einen japanischen Namen, es pflegt auch die japanische Kultur. Schon unten, beim Einchecken, wurde ich gebeten, im Zimmer die Schuhe auszuziehen, damit die in den Boden eingelassenen Tatami-Matten nicht verdreckten. Als ich die Zimmertür öffnete, schlug mir sofort ein betörender Bastgeruch entgegen, an den sich zu gewöhnen nicht ganz leicht war und einige Bereitschaft zum multikulturellen Miteinander verlangte. Das Bett war, wie sich von selbst versteht, ein Futon-Bett (was mich an den Bruder von Andrea denken ließ, welcher mit einem Futon-Laden in Mannheim oder Ludwigshafen sein Glück gemacht hatte). Auf dem Nachttisch lag statt einer Bibel ein Buch mit Buddha-Weisheiten, vor der Fensterfront war eine komplette japanische Papierwand angebracht, und selbst Fernseher und Minibar standen übereinander in einem hellen Holzturm, dessen Spitze einem Pagodendach nachempfunden war. Nur das Badezimmer hatte nichts Japanisches.

Ich duschte, legte mich eine Weile aufs Bett und kleidete mich dann für das Fest an: dunkle Hose, dunkelrotes Hemd, dunkelblaues Seidenjacket, schwarze Schuhe. Dann machte ich mich auf den Weg.

Kurz bevor ich das Verlagshaus erreichte, fing es an zu regnen.

Schon als ich das „Nippon" suchte, war ich an dem Haus vorbeigekommen. Es war vierstöckig, weißgestrichen, hatte eine klassizistische Fassade und sah großbürgerlich-gediegen aus. Unten befand sich ein Restaurant, ein Italiener, wenn ich mich nicht irre, aber ich weiß es nicht mehr genau, ich war, als ich daran vorbeiging, schon ein wenig aufgeregt, musste meine Hände an den Stofftaschentüchern, die ich vorsorglich eingesteckt hatte, abtrocknen und mir überlegen, wann ich den Eukalyptusbonbon, den ich als Prophylaxe gegen Mundtrockenheit in den Mund geschoben hatte, wieder ausspucken sollte. Ich wollte ihn möglichst lange im Mund behalten, damit er bei der Begrüßung, wenn es eine gab, noch wirkte, ich hatte sogar überlegte, ob ich ihn nicht im Mund lassen und im linken Mundwinkel verstauen sollte, um ihn später wieder hervorzuholen und weiter zu lutschen, es schien mir aber zu riskant; denn wenn es zu einer Begrüßung mit Frau Adler kam, und mir gerade in dem Moment, in dem ich guten Abend sagte, der Bonbon aus der Backentasche entwischte und ins Wort hineingeriet oder, im Katastrophenfalle, sogar aus dem Mund heraussprang und sonst wo landete, dann hätte ich gleich zu Beginn einen Eindruck gemacht, der niemals wiedergutzumachen wäre, und könnte, so dachte ich, gleich wieder umkehren und im Nebel der Namenlosigkeit verschwinden.

Man musste durch eine Toreinfahrt gehen, um die Verlagsräume zu erreichen. Im Hof standen zwei Autos. An einem der beiden machte sich gerade eine junge Frau zu schaffen, die mir, wenn meine Eitelkeit mich dies nicht bloß hat halluzinieren lassen, sogar freundlich zunickte, bevor sie daranging, ihre Autotür zu verschließen. Diesen Moment, nachdem sie mich gesehen hatte und bevor sie mich wieder ansehen würde, benützte ich geschickt dazu, den Eukalyptusbonbonrest auf das Pflaster zu spucken, wo er in tausend Stücke zersprang. Das klickende Geräusch, das er dabei machte, ging, wie ich hoffte, im Straßenlärm, im schon von oben herab klingenden Partylärm und inmitten der Regentropfgeräusche unter. Ich hätte es ungern gesehen, dass diese junge Dame, die übrigens ganz hübsch war, oben auf der Party allen Leuten hinter vorgehaltener Hand erzählte, der da, der mit den grauen Haaren, das ist einer, der sich nicht schämt, Eukalyptusbonbons auf das Hofpflaster zu spucken.

Der Partylärm kam, wie gesagt, von oben. Ich sah im ersten oder nein, im zweiten Stock des neugebauten Klinkerhauses Licht und glaubte hinter den erleuchteten Fenstern auch die Schatten einiger mir zum Fest vorausgeeilter

Gäste zu erkennen. Hinauf! sagte ich mir. Ich holte tief Luft, ging über die eiserne Außentreppe ins Treppenhaus und stieg in den zweiten Stock hinauf.

In der Tür oder, um genauer zu sein, kurz dahinter, in einem kleinen Vorraum, der, wie ich aus den Augenwinkeln sehen konnte, in einen schmalen Gang mündete, in welchem sich bereits die Menschen drängten, kam mir eine herzlich strahlende, nicht mehr vollkommen schwarzhaarige, sondern schon leicht ergraute Dame entgegen, hörte sich meinen Namen an, gab mir die Hand und sagte, „wie schön, dass Sie doch noch hergefunden haben".

Wieso *doch noch?* dachte ich. Diese Frage drohte sofort, vollständig von mir Besitz zu ergreifen, und ich musste mir große Mühe geben, sie zurückzudrängen. Unterdessen wies die wirklich nur sehr leicht Ergraute auf eine gleichfalls in freundlicher Bereitschaft dastehende blonde Dame hin und sagte, dies sei Frau Adler, woraufhin ich meinen Namen noch einmal wiederholte und irgendeine vorher zurechtgelegte Bemerkung machte, auf die sie zum Glück nicht einging, so dass ich hoffen konnte, sie habe sie gar nicht verstanden. Statt dessen schob sie mich mit der Bemerkung, da hinten stünde schon Sebastian Meckel und erwarte mich, in den Gang hinein, und da ich den Begrüßungsverkehr nicht aufhalten wollte, log ich und sagte ja, ich sehe ihn, obwohl ich vor lauter Aufgeregtheit und weil ich immer noch über das *doch noch* nachgrübelte, nichts sah als eine Ansammlung mir vollkommen unbekannter Menschen.

Es stellt sich auch gleich heraus, dass der, an den sich meine Augen im Moment der Lüge geklammert hatten, nicht Sebastian Meckel war. Dieser stand etwas weiter hinten und unterhielt sich exaltiert über irgendetwas lachend mit zwei jungen Damen und einem weiteren

34

Herrn. Ich stellte mich hinter ihn, und erwartete, er werde mich sofort begrüßen, aber er hatte hinten keine Augen. Ich ging einen Schritt vor, aber er sah mich immer noch nicht. Er will vielleicht nicht von dir belästigt werden, dachte ich, und wollte unbemerkt an ihm vorbeigehen, aber nun sah er mich doch, begrüßte mich mit einem Begeisterungsausruf, stellte mich seiner ausnehmend hübschen Begleiterin vor und sagte in einem für alle Umstehenden sehr vernehmlichen Ton: „Hast du schon deinen Diener gemacht?"

Gerade in diesem Augenblick schwebte eine damenhafte Erscheinung in einem beigefarbenen Kostüm an uns vorüber, sah mir spöttisch und zugleich ironisch-gütig ins Gesicht und schaute dann wieder woandershin. Es war, wie meine Intuition mir sagte, die zweite Verlegerin, Frau Antoni. Sie war auf dem Weg in einen großen runden Raum, der das Zentrum der Verlagsräumlichkeiten bildete, und in dem bereits die Vorbereitungen für die Begrüßungsansprachen liefen.

Während ich noch dabei war, meinen mit einem unpassenden Satz verhunzten Auftritt zu verkraften, hatte Sebastian Meckel bereits einen jungen Mann mit dunklem Haar, dunkelgefasster Brille, leicht hervorstehenden Augen und einem gar nicht so schmallippigen Mund am Arm und nötigte uns zur Begrüßung.

Der junge Mann war, wie ich erfahren durfte, ein Lektor des Verlages, und bevor wir auch nur ein einziges vernünftiges Wort miteinander gewechselt hatten, sagte er mir ganz unerwartet und für mein Fassungsvermögen viel zu schnell und unbegreiflich das, was ich mir, seit ich die Einladung zu diesem Fest bekommen hatte, sehnlichst erhoffte und dessen Ausbleiben ich umso mehr gefürchtet hatte: der Verlag habe ja meine Erzählungen vorliegen und wolle sie auch bringen, das stehe so gut wie fest. „Wir machen das", sagte er und nickte meinen misstrauischen Blick beruhigend mit dem Kopf, „wir wissen nur noch nicht genau, wann, im Frühjahr oder im Herbst, das ist noch nicht entschieden." Und während ich mich innerlich um Freude bemühte, was mir aber nicht gelang, weil ich den ganzen Vorgang nicht so blitzgeschwind begreifen konnte, entschuldigte er sich umständlich dafür, dass eine verbindliche Terminaussage noch nicht getroffen werden könne, da meine Manuskripte nicht die einzigen wären, die darauf warteten, in Buchform herausgebracht zu werden. Es sei ja auch immer ein Risiko, einen neuen Autor herauszubringen, womit er meine, ein finanzielles.

„Aber", sagte er noch einmal und schaute mich aus seinen leicht hervorstehenden Augen halb ermunternd an, „wir machen es, das ist so gut sicher."

Dann lass uns doch gleich in dein Büro gehen und einen Vertrag unterschreiben, dachte ich, indem ich ihn in Gedanken bereits duzte, dann kann ich wenigstens wieder gehen. Ich bin ja nur gekommen, um mein Gesicht zu zeigen und einen halbwegs zurechnungsfähigen Eindruck zu machen, damit die Verlagsleute hinterher zueinander sagen, der Mann ist in Ordnung, den kann man zur Not sogar auf eine Lesereise schicken, ohne dass er uns blamiert.

Ich wäre auch aus einem anderen Grunde gern wieder gegangen. Es war in dem runden Raum, in dem wir standen, unerträglich heiß. Längst lief mir der Schweiß in Strömen das Gesicht herunter, und wenn ich ihn nicht gerade mit einem meiner großen, weißen Stofftaschentücher auffing, nahm ich dafür die Zunge zur Hilfe und schmeckte das Salz auf meiner Haut. Gerade wurde noch mithilfe einer langen Metallstange das runde Klappfenster, das sich als Oberlicht im Raum befand, geschlossen, weil eine überängstliche Dame darauf verwiesen hatte, dass es ein wenig hineinregne. Als ob es nicht besser gewesen wäre, ein paar Regentropfen auf dem Parkett zu haben als Sturzbäche von Schweiß; denn auch die anderen Gäste, das sah ich zu meiner großen Erleichterung, hatten unter der feuchten, tropischen Hitze zu leiden, wenn auch bei weitem nicht so wie ich.

Wie sie denn meine Manuskripte herausbringen wollten, fragte ich den Lektor. Alle zusammen in einem Band?

„Warum denn nicht?" sagte Sebastian Meckel, der noch immer gleichsam als mein Stützkorsett dabeistand, „Natürlich alles in einem Band, das passt doch hervorragend. Wunderbar!"

Auch der Lektor äußerte sich in diesem Sinne. Ich hörte aber in dem Ton der beiden ein unsichtbares Kopfschütteln und einen stummen Vorwurf, der da lautete: Jetzt wollen wir doch die Kirche im Dorf lassen, mein Gutester. Wir haben dir zugesagt, dass Du für Deine gerade mal zweihundert Seiten ein Buch bekommst – und jetzt willst du gleich zwei? Das ist doch nicht dein Ernst!

War es auch nicht. Ich wollte den ganzen Kram auf einmal loswerden, damit ich nie wieder eine Korrektur daran anbringen musste; denn solange die Manuskript nicht veröffentlicht waren, konnte ich es nicht lassen, sie wieder und wieder hervorzuziehen und in ewiger Unzufriedenheit mal hier ein Wort zu streichen, mal dort eine Präposition hinzuzufügen und in den nicht gerade seltenen Stunden des Selbstzweifels mit dem Impuls zu kämpfen, den ganzen Stapel zu zerreißen und in den Papierkorb zu werfen. Ein Buch wollte ich, nicht mehr, nicht weniger, und nun wurde mir unterstellt, ich wolle zwei? „Nein" rief ich aus, „nein, aber man wird doch wohl mal fragen dürfen!"

Das sahen die beiden offenbar ein, jedenfalls schauten sie einander nur noch ganz wenig stirnrunzelnd an, und da Sebastian Meckel nunmehr das Gefühl hatte, seinen Mittlerauftrag erfüllt zu haben, wandte er sich wieder der Blondine zu.

Nun standen der Lektor und ich allein miteinander da, und es entspann sich ein Gespräch, dessen Sinn vor allem darin bestand, soviel Zeit miteinander herumzubringen, bis beide Seiten das Gefühl hatten, ihrer Gesprächspflicht genüge getan und sich damit das Recht erkauft zu haben, wieder voneinander zu lassen. Wieviele Bücher der Verlag pro Jahr herausbringe? fragteich.

„Hardcover?"

„Ja, meinetwegen."

So ungefähr vierundzwanzig, sagte der Lektor, aber darüberhinaus gebe es auch noch die Taschenbücher.

„Aber ja, natürlich", sagte ich, um nicht den Eindruck zu erwecken, ich hätte noch nie ein Taschenbuch dieses Verlages in der Hand gehabt. Und wieviele Bücher er denn so pro Jahr betreue?

So ungefähr sechzehn.

Wieviele Exemplare eines Buches der Verlag verkaufen müsse, damit die Kosten gedeckt wären?

Fünf- bis sechstausend. Aber wenn man zweitausend verkaufen könne, sei man schon froh.

So ging es eine Weile hin und her, bis der Lektor, dessen Namen ich nicht verstanden hatte, weil ich immer gerade dann, wenn jemand seinen Namen nannte, einem Weghörzwang gehorchte, mich mit dem Versprechen in die Freiheit entließ, mir später noch seine Visitenkarte zu überreichen.

Was sollte ich mit meiner Freiheit anfangen? Mir fiel nichts anderes ein, als mir von einem der beiden

Getränketische, die in dem Flur, der um den runden Raum herumlief, aufgebaut waren, ein Glas Mineralwasser zu holen. Keinen Wein wohlgemerkt: ich hatte mir vorgenommen, an diesem Abend nichts Alkoholisches zu trinken, nicht, bevor ich nicht mit der Verlegerin gesprochen hätte! Und ich hatte mir sogar vorgenommen, mich heute einmal ausnahmsweise mal an meine Vorsätze zu halten.

Als ich mit dem schon halb ausgetrunkenen Glas in das tropische Rund zurückkam, stand Frau Adler bereits hinter einem Stehpult und sprach in ein Mikrofon hinein, das heißt, sie hielt eine Rede. Die Rede begann mit dem Bedauern, dass ein paar namhafte Autorinnen und Autoren des Verlages abgesagt hätten, dass sie sich aber umso mehr über diejenigen freue, die gekommen seien. Deren ebenfalls nennenswerte Namen wolle sie aber aus Zeitgründen nicht alle, und aus Gerechtigkeitsgründen nicht teilweise anführen, sie erlaube sich daher nur einen einzigen Namen zu nennen, dessen Erwähnung aus Alters- und Respektsgründen unverzichtbar sei, und jeder, der sich in diesem Augenblick zurückgesetzt fühle, möge erstmal 90 Jahre alt werden und immer noch die Energie aufbringen, zu einem solchen Verlagsfest zu kommen, dann werde er ebenso genannt werden wie dieser eine. Der Mann, von dem sie rede, sitze vor ihr und der Name, den sie nun nenne, sei: Hans Baum.

Tatsächlich saß dort, wie nun auch mir nicht mehr entging, schweigend, in sich zusammengesunken, mit rundem Gesicht und einer Brille, durch die die Augen nicht mehr all zu viel zu sehen schienen, ein Mann, dem man die neunzig nicht ansah. Aber ganz schön alt sah er natürlich schon aus. Ich hatte unwillkürlich Mitleid mit ihm. Er würde bald sterben, das war sicher. Aber würden wir nicht alle bald sterben? Das war genauso sicher. Und doch konnten die Jüngeren nicht umhin, die Älteren mitleidig anzuschauen und zu denken: „Ihr Armen!" So dachten selbst Jüngere, die, so wie ich, schon an die Fünfzig waren und genau wussten, dass sie von wieder jüngeren, wie zum Beispiel der bezaubernden Blondine, mit der Sebastian Meckel gerade turtelte, ebenfalls mitleidig angeschaut wurden, wenn sie denn überhaupt das Glück haben, von ihnen angeschaut zu werden.

Hans Baum lächelte ein feines, beglücktes Lächeln als er mitkriegte, dass sein Name genannt worden war, und ich hatte den Eindruck, er verspüre eine leise Genugtuung über die späte Ehrung. Das war schön. Aber die Rede war schon darüber hinweg. Sie drehte sich jetzt um allgemeinere Verlagsdinge. Die Verlegerin hatte dazu regelrechte Thesen ausgearbeitet. Es seien zuviele Bücher auf dem Markt, sagte sie, die Verlage wollten immer Umsatz machen, Umsatz um jeden Preis, und die Folge davon sei, dass zu schnell und zuviele Bücher produziert und dann zu Dumpingpreisen auf den Markt geworfen würden. Das wolle sie in Zukunft nicht mehr mitmachen. Luxusartikel! rief sie aus. Das Buch als kulinarisches Ereignis! Und überhaupt: es werde immer noch gelesen, trotz all der anderen Medien, mit denen die Branche konkurrieren müsse, das Buch sei noch nicht tot, noch lange nicht!

Ich blickte um mich und sah nur nickende Köpfe und hörte beifälliges Gemurmel, und ich beeilte mich nun auch, zu nicken und zu murmeln, damit ich nicht Defaitist dastünde, und als die Verlegerin bald darauf das Ende ihrer Rede erreicht hatte, war ich einer der ersten, der die Hände zum Applaus zusammenfügte.

Nun muss die andere Verlegerin sich aber auch zu Wort melden dachte ich, sonst wird ein ewiges Ungleichgewicht den Verlag belasten, die eine hat etwas gesagt, die andere hat geschwiegen, das geht auf keinen Fall, und tatsächlich schwebte in diesem Augenblick die Dame im beigefarbenen Kostüm zum Rednerpult.

Ihre Rede bestand darin, dass sie das Buffet erklärte. Man habe – Verlage müssten ja sparen – darauf verzichtet, das Buffet bei irgendeinem teuren Partydienst zu bestellen. Stattdessen hätten sie und die anderen Mitarbeiter des Verlages sich gestern daran gemacht, einige Bleche mit Käsegebäck in den Ofen zu schieben, und dabei seien am Ende so und so viel hundert Stück davon herausgekommen.

Na schön, dachte ich, aber warum muss sie uns die genaue Zahl mitteilen, das ist doch reichlich pedantisch.

Und es wurde noch pedantischer. Die Verlegerin zählte nun die Radieschen auf, die sie auf dem Markt gekauft hatten, die Tomaten, die Paprikaschoten, die Gurken, die Weintrauben, die Käsestücke, die Baguettes, kurz, alle essbaren Teile, die für dieses Fest zusammengekauft worden waren, und je akribischer sie dabei vorging, desto mehr merkte auch ich, dass es sich hier um eine ironische Rede handelte. Die Verlegerin addierte nun alles Eingekaufte mit der Zahl der Käsekeksen und führte dann eine ungeheuer komplizierte Rechnung durch, indem sie z.B. das Datum hinzurechnete, eine Wurzel zog und so weiter, und schließlich ergab sich, dass auf jeden der 188 anwesenden Gäste genau 28 essbare Teile kämen, und 28 sei ganz zufällig auch das Datum des heutigen Tages. Und damit sei das Buffet eröffnet.

Diese äußerst humorvolle Rede wurde sehr belacht und beklatscht, und ich konnte mir, während ich ebenfalls beflissen lachte, sogar vorstellen, dass ich auch dann noch gelacht hätte, wenn ich mit einer Tarnkappe bekleidet gewesen wäre. So aber, wo jeder die Gelegenheit hatte, mich insgeheim oder unwillkürlich zu beobachten und das

Beobachtete später aufzuschreiben oder sonst wie auszuwerten, so wie ja auch ich unwillkürlich alles beobachtete und im Geiste festhielt –, so also kam ich mir heuchlerisch und verlogen vor und verdächtigte mich, nur deswegen zu lachen, weil ich aus Karrieregründen wie jemand aussehen wollte, der dies alles heiter, ungezwungen, komisch und, ja, irgendwie launig fand.

Frau Adler hatte angekündigt, dass später auch noch einige der Verlagsautoren etwas vorlesen würden, und zwar je drei Autoren zu je fünf Minuten, die ersten drei um halb acht, die nächste Partie um halb neun, die letzte um halb zehn. Den Anfang werde allerdings Sebastian Meckel machen, der zu Ehren eines ganz Großen der schreibenden Zunft, welcher heute Geburtstag habe, nämlich Goethe, etwas aus dessen Werk vortragen wolle. Das darfst du auf keinen Fall versäumen, hatte ich mir gesagt, Sebastian Meckel ist dein Gönner und Förderer, das Mindeste, was du ihm schuldest, ist, dir seine Lesung anzuhören und ihm hinterher ein nettes Wort dazu zu sagen.

Ich schaute auf die Uhr und sah, dass es kurz vor sieben war. Noch eine halbe Stunde bis zum Goethetext. Ich hatte Durst. Ich hätte gern Wein getrunken, aber das war mir ja verboten. Ich strebte auf einen der Tische zu, auf denen Rotwein, Weißwein, Bier und Mineralwasser standen, und schenkte mir Mineralwasser ein. Währenddessen kam ein Mann daher und wollte auch Wasser. Es war aber kein normaler Mann, kein namenloser und gleichgültiger, sondern ein Autor, der, nachdem der berühmteste und gefeiertste von allen, Gabriel Grossmann, gerade den Verlag verlassen hatte, möglicherweise Anspruch auf dessen Nachfolge hätte erheben können. Dieser Autor, den ich einmal in der Wolffschen Bücherei in Berlin hatte lesen hören – ich weiß noch wie sympathisch ich sein lachendes und strahlendes Kindergesicht fand, als er am Ende den verdienten Beifall einheimste –, stand nun neben mir und wollte Wasser.

Was sollte ich tun? Ihm die Flasche in die Hand drücken? Oder ihm einschenken? Wäre er eine Dame, würde ich ihm einschenken, das war klar. Aber er war keine Dame, und ich wollte nicht den Eindruck erwecken, als ob ich vor jedem berühmten Mann, sei er nun Schriftsteller oder nicht, einen Kniefall oder, wie man im „Nippon" sagen würde, einen Kotau machen würde. Ich entschloss mich also, ihm nicht einzuschenken, sondern ihm einfach die Flasche in die Hand zu drücken, und gerade, als ich mich zu diesem mannhaften Entschluss durchgerungen hatte, sagte der Autor ein wenig ungehalten: „Was ist los mit Ihnen, warum rücken Sie die Flasche nicht heraus?" – und dieser Satz, zusammen mit meiner hilflos gestammelten Entschuldigung, war der erste und bisher einzige Wortwechsel, den ich mit diesem berühmten Autor meines möglicherweise zukünftigen Verlages haben durfte.

Verstört zog ich mich in den äußersten Winkel des Flurs zurück. Zwei Türen gingen von diesem Winkel ab, eine war geschlossen, die andere halb geöffnet. Durch die Öffnung sah ich auf einem Tisch einen Stapel grüner Bücher und daneben ein junges Paar, das die Verschwiegenheit des Raumes dazu benutzten, sich auf die aller zarteste Weise zu küssen. Verschämt senkte ich den Blick, der dabei unwillkürlich auf mein rotes Hemd fiel, und das Entsetzen, das mich nun befiel, war unaussprechlich. Ein riesengroßer dunkler Fleck prangte auf meiner Brust! Oder andersherum: an den Seiten und an den Ärmeln gab es noch ein paar trockene Fleckchen, der Rest war nass, klatschnass! Und wenn ich auch hinten keine Augen hatte, so konnte ich mir doch lebhaft vorstellen, dass es auf meinem

Rücken nicht viel anders aussah. Diese Entdeckung versetzte mich in Panik. Gewiss, ich hatte in dem tropischen Rund und den darum herumlaufenden subtropischen Gängen auch andere Gestalten gesehen, denen das Wasser nicht übel von den Wangen troff. Aber ein nasses Hemd war nicht darunter gewesen, damit stand ich allein da, mutterseelenallein.

Mein erster Gedanke war: Flucht. Was soll's, dachte ich, mit dem Lektor habe ich geredet, er hat mir die Veröffentlichung versprochen, also nichts wie weg. Aber die Verlegerin wollte ja auch noch mit mir sprechen, und der Lektor hat mir dringend geraten, auf einen Termin mit ihr zu pochen, das musste ich noch tun. Nur –, so wie ich aussah, würde sie bestimmt keinen Termin mit mir machen. Ich musste mit der Verlegerin sprechen, ich musste aber auch ein trockenes Hemd anhaben – was sollte ich tun?

Das Hotel „Nippon" war nicht weit entfernt. Ich konnte mir ein Taxi nehmen, mich hinfahren lassen, den Fahrer bitten, auf mich zu warten, in den fünften Stock hinauffahren, die Schuhe ausziehen, mein Zimmer betreten, das rote Hemd ausziehen, das grüne anziehen, das Zimmer abschließen, hinunterfahren, den Schlüssel abgeben, mit dem Taxi wieder zurückfahren und mich ganz unauffällig wieder unter die Gäste mischen.

Das war es, was ich tun musste.

Verstohlen, das graue Seidenjacket schützend vor die nasse Brust gehalten, schlich ich zur einen Tür in den tropischen Rundraum hinein, mogelte mich möglichst ungesehen durch ihn hindurch und verließ ihn durch die andere Tür, in deren Nähe der Ausgang lag. Hier, in dem engen Gang, in dem ein weiterer Getränketische stand, sah ich Sebastian Meckel mit inzwischen einer anderen, auch nicht gerade hässlichen jungen Dame stehen, und als ich mich an ihm vorbeidrückte, nickte mir sogar zu, als hätte er mich schon mal irgendwo gesehen, während der Lektor, der ebenfalls in diesem Teil des Ganges seinen Neigungen nachging, zu fürchten schien, dass ich noch einmal auf ihn zukommen und ein ebenso langweiliges Gespräch um des Gesprächs willen mit ihm anfangen würde, wie vorhin. Aber er konnte ganz beruhigt sein, ich wollte nichts von ihm, ich wollte bloß weg.

Im Treppenhaus, wo, wie ich erst jetzt sah, eine Garderobe eingerichtet war, blieb ich stehen. Jacken und Mäntel hingen hier zu Hauf. Und es war kühl. Nicht richtig kühl natürlich, das wäre zu viel verlangt, aber im Vergleich zu dem tropischen Klima drinnen beinahe mediterran. Ich atmete auf. Hier konnte man bleiben und die Mäntel zählen. Man konnte auch in dem Gästebuch blättern, das aufgeschlagen auf einem Stehpult lag, und die Handschriften studieren. Aber was war mit dem Hemdwechsel? Wollte ich den nicht mehr?

Nein. Ich hatte gerade Sebastian Meckel wiedergesehen und mich daran erinnert, dass er einen Goethetext lesen würde und dass ich ihn dafür loben wollte. Wie konnte ich ihn loben, wenn ich, während er seinen Goethe las, auf Strumpfsocken im „Nippon" herumschlich und mein Hemd wechselte?

Nun war es ja hier draußen, im Treppenhaus, nicht gar so heiß. Hier ließ es sich aushalten. Hier konnte man sogar noch sein Jacket über das nasse Hemd anziehen und so die dunklen Flecken zumindest auf dem Rücken verbergen. Und ob es nun vernünftig war oder nicht, genau das tat ich. Noch wärmer angezogen als zuvor, ging ich zurück ins Treibhaus der Talente, schob mich erneut am Lektor und an Sebastian Meckel vorbei, durchmaß noch einmal den runden Saal, in dem Hans Baum noch immer lächelnd saß, und begab mich erneut in die dunkle Ecke, von der aus ich nun sehen konnte, dass das Liebespaar, das sich vor wenigen Minuten noch so zart geküsst hatte, inzwischen zu etwas kühneren Formen der Umarmung übergegangen war. Es war beinahe schon ein richtiges Petting, was die beiden da veranstalteten. Wenn mich nicht alles täuschte, hatte die linke Hand des Mannes ihren Weg in die Bluse der Frau hineingefunden und seine rechte machte sich unter ihrem Rock zu schaffen. Die rechte Hand der Frau hingegen – doch halt, wen interessiert das?

Diskret zog ich mich zurück, schenkte mir am nahen Getränketisch mein Glas erneut voll Wasser und überlegte gerade, wo ich mich sonst noch verstecken könnte, als mein Blick die Augen einer Frau traf, die ähnlich verloren in diesem Gang herumstand wie ich. Sie war ein wenig vollschlank, hatte dunkelblonde Haare, trug eine bunte Seidenjacke und schaute mich durch ihre Brille hindurch ermunternd an.

„Heiß hier", sagte ich.

„Ja", sagte sie. „Sie sind nicht der einzige, der darunter leidet."

Das war ein kurzer, aber im Grunde genommen sehr runder, abgeschlossener Dialog. Danach hätte ich beruhigt weitergehen können. Aber wohin? Zurück zu den Liebenden? Oder hinein ins Tropicana? Oder geradeaus in das Gewühl vor dem Buffet mit seinen tausend Einzelteilen?

„Wie sind Sie denn hierhergekommen?" fragte die Vollschlanke in dem Bestreben, den Dialog ein bisschen auszuweiten.

„Zu Fuß."

„Nein", sagte sie, „so meinte ich es nicht."

„Ach so", sagte ich und spürte sofort, wie meine Poren ihre Produktion verdoppelten, „ich habe die Hoffnung,

46

eines Tages ein Autor dieses Verlages zu werden." Und in einer Freimütigkeit, die mir durchaus nicht lieb war, begann ich zu erzählen, wie Sebastian Meckel meine Erzählungen an Frau Adler weitergegeben hatte, wie Frau Adler mir hatte ausrichten lassen, dass die Erzählungen ihr gefallen hätten, wie ich zu diesem Fest eingeladen worden war und wie ich bereits mit einem Lektor über die Veröffentlichung gesprochen hatte. Aber sicher wäre ich natürlich noch nicht, wann sei man schon sicher, und außerdem müsste ich im Verlaufe dieses Abends noch mit der Verlegerin sprechen, um die Botschaft auch aus ihrem Munde zu vernehmen, denn ihr Mund sei nun mal wichtiger als der des Lektors.

„Welcher war es denn", fragte die Vollschlanke. „Herr Burger?"

„Ich weiß nicht", sagte ich, „ich habe seinen Namen nicht verstanden."

Anstatt sich nun damit zufrieden zu geben, verlangte die Vollschlanke von mir unnachgiebig eine genaue Beschreibung des Lektors und brachte mich am Ende noch dazu, mich daran zu erinnern, dass er gesagt hatte, er arbeite erst seit Beginn des Jahres für diesem Verlag. „Dann ist es nicht Herr Burger", sagte die Vollschlanke, „dann ist es Herr Briegel." Sie selbst habe nämlich mit Herrn Burger zu tun.

„Ach, schreiben Sie auch?" sagte ich. Man ist ja, weil das so verbindet, immer auf Gemeinsamkeiten aus.

Nein, sagte sie, sie sei Lektorin.

„Oh!" sagte ich und versuchte in dieses „Oh!" die ganze Hochachtung hineinzulegen, die ich vor diesem Beruf hatte.

„Aber ich bin nur eine freie", sagte sie, offenbar in der Absicht, meine Hochachtung etwas zu dämpfen.

47

Und nun begann sie in einer Freimütigkeit, die ihr vielleicht auch nicht lieb war, zu erzählen, wie sie sechs Jahre bei einem großen Zeitschriftenverlag, der auch Bücher herausbringe, gearbeitet habe, zwar als freie Lektorin, aber doch in einem so festen Verhältnis, dass sie ihren festen Arbeitsplatz gehabt habe, ihre eigene Telefonnummer und so weiter –, und das zu einem Stundenlohn, der weit niedriger gewesen sei, als der eines fest angestellten Lektors. Das habe sie irgendwann nicht mehr eingesehen. Sie habe Kinder. Zwar verdiene ihr Mann so gut, dass sie sich um ihre Existenz keine Sorgen zu machen brauche, aber trotzdem. So sei sie also eines Tages zu ihrem Chef, Herrn Siebert oder Sievers, gegangen und habe gesagt, sie wolle mehr Geld.

Ja, und?

Er habe sie hingehalten. Mal sehn, habe er gesagt, er wolle sich dafür einsetzen, sie möge etwas Geduld haben, und so in diesem Stil. Sie habe auch Geduld gehabt, sagte sie, aber irgendwann habe sie ihn wieder darauf angesprochen und sei erneut vertröstet worden, und nach einem halben Jahr nochmal dasselbe und so weiter, bis ihr endlich der Geduldsfaden gerissen sei. Sie müsse nun darauf bestehen, habe sie schließlich gesagt, entweder mehr Lohn, oder sie müsse gehen. Gut, habe der Chef gesagt, er werde noch einmal mit seinen Vorgesetzten sprechen. Am nächsten Tag habe er sie dann zu sich zitiert und –

In diesem Augenblick unterbrach ich sie. Ich hatte schon früher unterbrechen wollen und immer darauf gewartet, dass sie mal Luft holte, aber sie hatte, einmal in Gang gekommen, ohne Punkt und Komma geredet und mir keine Chance gegeben. Nun musste ich sie beinahe gewaltsam unterbrechen, weil ich hörte, dass im Tropentheater die erste Vorstellung begonnen hatte: die Lesung von Sebastian Meckel. Ob Goethe oder nicht, das musste ich hören, ich wollte ihn ja unbedingt noch dafür loben. Meine Gesprächspartnerin sah das ein.

Weit in den Saal hinein kamen wir allerdings nicht. Die meisten Leute hielten es offenbar für das größte Vergnügen, in der Tür stehenzubleiben und so den Nachdrängenden das Nachdrängen zu erschweren. Ich wollte aber auch nicht weiter in den Saal hinein, weil es da drinnen noch viel heißer war als in den Gängen. Also hörte ich Sebastian Meckel lesen, ohne ihn zu sehen. Ich muss gestehen, ich habe nicht viel von seinem Goethe mitgekriegt, aber ich konnte doch hören, dass er sehr schön las, mit klar gegliederten Sätzen, die jedes Wort und jeden Gedanken vergegenwärtigten, und ich wunderte mich einmal mehr darüber, dass ich in meinen jungen Jahren als Schauspielschüler Stunden um Stunden Sprechübungen hatte machen müssen, um einen Text sprachlich und gedanklich über die Rampe zu bringen, während andere, die ihre komödiantischen Talente als Juristen oder Schriftsteller verschleuderten, offenbar auch ohne solche Übungen auskamen.

Nach dem Beifall, den Sebastian Meckel für Goethe und sich selbst entgegennehmen durfte, ging eine junge Dame, die ich aber auch nicht sehen konnte, ans Mikrophon und begann einen Text zu lesen, in welchem zwei griechisch-mythologische Figuren miteinander einen Dialog austrugen, ich glaube, es waren Orpheus und – nein, nicht Eurydike – Persephone? Egal. Gleich zu Beginn las die junge Dame eine Stelle, in welcher die Sonne unterging, und in diesem Moment wurde es schlagartig dunkel. Irgendjemand hatte sich vermutlich aus Versehen an den Lichtschalter gelehnt. Alles lachte. Dann wurde das Licht wieder angeschaltet und die Lesung ging weiter, aber so komisch wurde es leider nicht wieder.

Nach einer weiteren Lesung, an die ich mich überhaupt nicht mehr erinnere, fand ich mich wieder mit der vollschlanken Lektorin zusammen. Was hatte er denn nun gesagt, der Chef, nachdem er mit seinem Chef gesprochen hatte?

Ja, sagte sie, er habe sie also am nächsten Tag zu sich zitiert und ihr in einem Tonfall äußerster Kälte und rüdester Geschäftsmäßigkeit gesagt, an eine feste Anstellung sei nicht zu denken, an eine Honorarerhöhung auch nicht, ein freier Lektor bekomme normalerweise 35 Mark die Stunde, bei ihnen bekomme sie 37 Mark, und wenn ihr das nicht passe, dann könne sie ja gehen. Und das nach sechs Jahren! rief sie aus. Nachdem sie drei Jahre den Schreibtisch oder wenn nicht den, so doch das Büro mit ihm geteilt habe! In einem solchen Ton! Mit einer solchen Miene! Und wenn ihr das nicht passe, dann könne sie ja gehen! Konnte sie sich sowas bieten lassen? Gab es nicht auch noch so etwas wie Selbstachtung?

Doch, doch, sagte ich und versuchte vergeblich, im Kopf auszurechnen, was bei diesen 37 Mark pro Stunde monatlich herauskäme. Konnte die Lektorin davon leben? Und wenn ja, wie gut? Zu essen hatte sie ja offenbar genug, aber sonst?

Natürlich habe sie sofort ihre Sachen gepackt, sagte die Vollschlanke, aber sie sei nicht nach Hause gegangen, sondern zum Betriebsrat. Der habe ihr versichert, dass sie sich durch die Art und Dauer ihrer bisherigen Arbeit längst das Recht erworben hätte, fest angestellt zu werden. Die Betriebsrat habe sogar von sich aus Klage eingereicht. Wohlgemerkt, nicht sie habe die Klage eingereicht, der Betriebsrat habe es getan. Dann aber, eine Woche später, sei der Betriebsrat zu ihrer großen Verwunderung wie verwandelt gewesen, wie ausgewechselt. Er habe überhaupt nichts mehr davon gewusst, was er ihre eine Woche zuvor gesagt und geraten habe, sein Name sei auf einmal Hase gewesen, und hasenfüßig, jawohl, hasenfüßig seien alle Mitarbeiter dieses Zeitschriftenverlages, und zwar ganz einfach deshalb, weil alle, die nicht hasenfüßig wären und eine gewisse Kopfbewegung nicht eingeübt hätten, entweder heraus geekelt oder entlassen würden. So ginge es zu in diesem Verlag.

Ich konnte das sogar bestätigen. Ich kannte einen Journalisten, der bei einer Sportillustrierten dieses Hauses gearbeitet und mir die allerschönsten Geschichten von der Inkompetenz und dem Intrigantentum in diesem Hause erzählt hatte. Das deutete ich meiner Gesprächspartnerin gegenüber auch an, wodurch sie sich in ihrer Meinung sehr bestätigt sah.

So ging die Zeit herum. Einmal kam eine Studienkollegin der vollschlanken Freien daher, und die beiden begrüßten einander kurz und herzlich. Die Studienkollegin war Redakteurin bei einem Zeitgeist-Magazin und der Job machte ihr viel Spaß, wie sie sagte. „Und du?" fragte sie. „Bist du immer noch bei – ?"

„Nein", sagte die Freie. Und die Zeitgeist-Redakteurin, mal eine Lektorin brauche, dann möge sie sich ruhig mal ihrer alten Studienkollegin erinnern.

„Das werde ich", sagte die Redakteurin, die es in aller Augen, vor allen Dingen in ihren eigenen, zu mehr gebracht hatte als unsere vollschlanke Freie und ging mit einem süßlichen Lächeln davon.

Bald kam die zweite Leseviertelstunde. Ich war nun schon zwei Stunden hier. Das Jacket hatte ich längst wieder ausgezogen. Aber da der Abend hereingebrochen war und es noch immer regnete, kühlte sich die Luft ab, so dass mir etwas wohler wurde.

Bevor die Lesung begann, ging Frau Adler noch einmal ans Mikrofon und bat die Anwesenden, nicht wieder alle in der Tür stehenzubleiben, sondern ganz in den, zugegeben etwas warmen, Raum hineinzukommen; es sei doch viel schöner, wenn man die Lesenden nicht nur höre sondern auch sehe. Außerdem sei dann für diejenigen, die nachdrängten, der Zugang nicht versperrt.

Ich war, wie sich von selbst versteht, der erste, der ihrer Aufforderung Folge leistete, und nachdem sich noch ein paar andere Gäste einen halben Schritt weit in den Raum hinein bewegt hatten, nahm die Lesung ihren Lauf.

Diesmal war auch der große Mann dabei, dem ich vor gar nicht langer Zeit das Wasser hatte reichen dürfen, den Glanzlicht dieses zweiten Durchgangs aber bildete der kugelrunde Dichter Hendl, der, bevor er noch ein einziges Wort ins Mikrofon gesprochen hatte, erstmal sein Weinglas fallen ließ. Noch heute bewundere ich die Umsicht, Geistesgegenwart und Delikatesse, mit der die Verlegerin Adler, die nur mit einem artistischen Sprung zur Seite hatte verhindern können, dass der Wein sich über ihr buntes Chiffonkleid ergoss, dafür sorgte, dass die Sache bereinigt wurde. Kaum war das Glas zersplittert, war der Vorfall auch schon wieder vergessen, und der Dichter Hendl konnte beginnen. Er deklamierte vier oder fünf erfreulich kurze Gedichte, in denen er sich kühn über alle Sprachgrenzen hinwegsetzte, mal sprang er aus dem Deutschen ins Englische, mal aus dem Englischen ins Österreichische, mal aus dem Österreichischen zurück ins Deutsche, und immer reimte es sich und war überraschend und vor allem: komisch. Dafür bekam er am Ende einen fast schon donnernden Applaus, den er, als er an sich seinen Tisch zurückrollte, auch zu genießen schien.

Sollte ich nicht jetzt mal zu Frau Adler hingehen und sie fragen, was sie mit mir und meinen Erzählungen vorhat, damit sie nicht dächte, ich interessierte mich nicht dafür? Ich gab mir einen Ruck und schaute mich entschlossen nach ihr um. Da ich sie aber neben Hans Baum und seiner vergleichsweise jungen Frau sitzen und sich mit diesen beiden einvernehmlich unterhalten sah, bezähmte ich meine Ungeduld und tröstete mich mit dem Gedanken, dass ich ja noch vierzig Jahre Zeit hätte, um so einvernehmlich mit der Verlegerin dazusitzen.

„Und? haben Sie ihr Gespräch geführt?" fragte die Vollschlanke. „Nein, es hat sich noch nicht ergeben."

Dabei bemerkte ich, wie sie mich mitleidig anschaute. Er hat wahrscheinlich nicht den Mut gehabt, die Verlegerin anzusprechen, schien sie zu denken, und so, wie er aussieht, wird er wahrscheinlich auch unverrichteter Dinge wieder nach Berlin zurückfahren. In diesem Augenblick bereute ich es, dass ich mich mit ihr gemein gemacht hatte. Ich hatte aus Höflichkeit so getan, als wäre ich meiner Sache noch viel unsicherer, als ich es wirklich war, und als ich mitgekriegt hatte, dass sie seit ihrer Trennung von dem Zeitschriftenverlagshaus um Aufträge verlegen war und daher hier Kontakte knüpfen und Drähte ziehen musste, hatte ich meine Situation als weit weniger beneidenswert dargestellt, als ich sie tatsächlich empfand. Hatte ich nicht bereits die Zusage des Lektors? Und wollte die Verlegerin nicht auch noch mit mir sprechen? Ich konnte also ruhig dastehen, mich mit Mineralwasser volllaufen lassen und abwarten. Vor meiner Gesprächspartnerin aber, die, wenn es stimmte, was ihr damaliger Chef, Herr Sievers oder Siebert, gesagt hatte, sogar bereits auf einer schwarzen Liste stand, hatte ich den Eindruck erweckt, als müsse ich hier genauso um mein Fortkommen bangen wie sie. Ich hatte mich aus Rücksichtnahme in ein Boot mit ihr gesetzt, und nun verließ sie das Boot, indem sie sich erlaubte, mich zu bemitleiden. Ich nahm mir vor, nach der letzten Lesung nicht wieder mit ihr zusammenzustehen, zumal sich das Gespräch nun immer mehr im Kreise drehte und ich, was übrigens am Anfang nicht so gewesen war, zunehmend das Gefühl hatte, es mit einer Enttäuschten zu tun zu haben. Ich meine damit nicht, dass sie Enttäuschungen hinter sich hatte, das hatte ich ja auch, wer nicht. Ich meine, dass sie sich zu ihren Enttäuschungen so verhielt, als hätte sie nichts damit zu tun. Sie sah immer nur die anderen oder das Schicksal oder irgendeine äußere Macht, von der sie enttäuscht worden war, anstatt zu sehen, dass sie selbst es war, die sich getäuscht hatte. Man konnte die Sache natürlich so sehen wie sie, es war nicht falsch, aber es war, wie ich fand, ein langweiliger Gesichtspunkt, von dem aus man nicht die geringste Erkenntnis für sich selbst gewinnen konnte. So wollte die Vollschlanke, als ich ihr von meinem Besuch bei einem Zürcher Verleger erzählte, mein Einverständnis für die Behauptung haben, es sei eben alles Glücksache in diesem Geschäft, aber ich weigerte mich, ihr dieses Einverständnis zu geben. „Es ist nicht Glücksache", sagte ich in einem für meine Verhältnisse schon ungewöhnlich scharfen Tonfall, „nichts ist Glücksache. Die ganze Glücksache-Theorie ist eine Enttäuschten-Theorie." Ich wisse schon, warum es mit diesem Verleger nichts geworden sei. Ich hätte es selbst vermasselt. Ich hätte den Erfolg gar nicht gewollt. Sonst hätte ich mich, als ich ihm gegenübersaß, anders verhalten. Man kann einem Verleger, der ein allererstes Buch von einem herausbringen will, nicht gegenübersitzen, rauchen, wurschtig daherreden und sich am ganzen Verlagswesen uninteressiert geben. Man kann auch nicht, selbst wenn es die Wahrheit ist, sagen, man wisse nicht, was man als nächstes schreiben wolle. Man muss es eben wissen. Und wenn man es nicht weiß, dann muss man sich die Mühe machen, sich etwas auszudenken und es dem Verleger vorzulügen, und wenn dazu die Phantasie nicht reicht, dann ist man eben noch nicht reif für das Geschäft. Das sagte ich der Enttäuschten, um ihr klarzumachen, dass sie mich niemals dahin bringen würde, ihrer Glücksache-Gedankenlosigkeit mein Placet zu geben, nicht solange ich noch einen Funken Selbstachtung in mir hätte.

Zum Glück war wieder Lesung. Diesmal waren die Nachwuchskräfte dran, die Jugend. Da war zum Beispiel der zweite Preis von Klagenfurt, der etwas wirklich Hübsches vorlas, und noch ein anderer, den ich überdies noch um sein angenehmes Äußere beneidete. Sogar gekleidet war er gut, sein lindgrünes Jackett stand ihm zu seinen kurzen dunkelblonden Haaren ungemein, und schreiben konnte er offenbar auch. Zum Schluss aber las einer eine so schreiend komische Betrachtung über die Stadt Berlin und ihre Dichter, Schuster und auch Bäcker, dass alles befreit auflachte und in die Hände klatschte. Natürlich auch, weil er der letzte war.

Er war aber gar nicht der letzte. Noch während er las, hatte ich gesehen, wie Sebastian Meckel mit Frau Adler tuschelte, wie beide aufgeregt aus dem inzwischen erfreulich abgekühlten Rondell herausliefen und bald darauf geschäftig wiederkamen, Frau Adler voran, Sebastian Meckel, bereits eifrig in einem Buch blätternd, hinterher. Schon beugte sich Frau Adler über Hans Baum und rief ihm etwas in seine Ohren hinein, er lächelte und nickte mit dem Kopf, und seine Frau legte ihre rechte Hand auf seinen linken Arm und nickte ebenfalls. Frau Adler wechselte erneut ein Wort mit Sebastian Meckel und eilte dann zum Lesepult. Es sei, wie sie noch einmal hervorheben wolle, eine Ehre, Freude und auch Überraschung gewesen, dass der Dichter Hans Sahl in seinem würdigen Alter noch hier auf dieses Fest gekommen sei. Und noch dazu an Goethes Geburtstag. Und nun verstehe es sich wohl von selbst, dass derjenige, der zu Beginn den Lesereigen mit einem Goethetext begonnen habe, nunmehr mit einem Hans Sahl-Text den Reigen beschließe. Es gebe allerdings ein kleines Problem.

„Nein, kein Problem, kein Problem," rief Sebastian Meckel und begann mit der Lesung. Der Text, den er mit wunderbar ironischem Gestus las, schilderte einen Besuch des Dichters Hans Sahl bei einem anderen, noch berühmteren Dichter und selbsternannten Goethenachfolger, der hier in durchaus humoristischer Weise als ein eitler, menschenferner, präsidial-diktatorisch seine Familie beherrschender und übrigens gar nicht so feingliedrig aussehender, sondern eher grob und fleischig wirkender Patron geschildert wurde.

Nach dieser Lesung gab es stehende Ovationen für den großen alten Mann des Abends, Hans Sahl, von dem ich allerdings, was ich natürlich keinem Menschen verraten würde, zuvor noch niemals etwas gehört hatte. Trotzdem war es erhebend.

Langsam leerte sich das Fest. Viele gingen nach Hause. Es war nun schon halb elf, ich hatte es geschlagene vier Stunden bei Mineralwasser und Marlboro Lights ausgehalten, und die Verlegerin hatte noch immer nicht die Zeit gefunden, mit mir ein über die Begrüßung hinausgehendes Wort zu wechseln. Wie lange sollte ich denn noch auf ein Glas Wein verzichten? In einem Anfall von antiautoritärer Auflehnung gegen mein Über-Ich strebte ich dem nächstbesten Getränketisch zu, schenkte mir trotzig ein Glas Weißwein ein, und in diesem Augenblick kam Frau Adler daher und sagte im Vorübergehen: „Wir müssen aber auch noch miteinander reden!"

Hoffentlich bin ich bis dahin nicht betrunken, dachte ich. Zugleich schaute ich verschämt an mir herunter und sah – oh Wunder! – dass mein Hemd inzwischen seine alte Farbe wiedergewonnen hatte. Nur ein feiner, weißer Salzrand erinnerte daran, wie es vor ein paar Stunden um mich bestellt gewesen war.

Mit meinem Weinglas in der Hand machte ich einen Rundgang an den kalten Buffets vorbei. Hier nahm ich ein Radieschen, dort eine Weintraube, stopfte mir im Vorbeigehen auch mal eine Bulette in den Mund und schloss den Magen mit einem Stück Käse. Dann ging ich vor zu dem Getränketisch in der Nähe der bereits erwähnten dunklen Ecke, die jetzt noch dunkler und verwaister zu sein schien als vorhin. Ich schenkte erneut mein Glas voll und nahm gedankenverloren einen Schluck. In diesem Augenblick hörte ich aus einiger Entfernung einen Schrei, einen Schmerzensschrei, dem, wie ich ganz sicher zu vernehmen glaubte, so etwas wie ein Wimmern folgte. Was war das? Wurde da irgendjemandem Gewalt angetan? Oder war gerade einem Autor – nein, einer Autorin, es war eine Frauenstimme, die da wimmerte – gesagt worden, dass ihre Sätze nichts taugten und sie besser daran täte, nie wieder eine einzige Zeile zu schreiben?

Von großer Sorge um diese in Bedrängnis geratene Person getrieben, ging ich dem Wimmern nach. Es führte mich in jenen Raum, in den ich zuvor schon ein-, zweimal hineingeblickt hatte, und in dem es nun sehr dunkel war, wenn auch nicht so dunkel, dass ich nicht noch die grünen Bücher schimmern sehen konnte. Vom Wimmern angelockt, betrat ich dieses Verlagsheiligtum und bemerkte nun, dass von hier noch eine weitere Tür in ein offenbar noch heiligeres Heiligtum abging, aus welchem das geheimnisvolle Wimmern heraus drang. Die Tür war nicht offen, aber angelehnt. Mit einer Kühnheit, die mir gewöhnlich fremd ist, wagte ich es, die Tür wenig mehr zu öffnen und in das Allerheiligste hineinzuschauen. Was ich zu sehen bekam, war anders, als ich es erwartet hatte. Nicht Schmerz war es gewesen, der das Wimmern hervorrief, sondern Lust! Nicht der Schmerz einer Frau, sondern die Lust einer Frau! Hier lag sie, hier in den Verlagsräumen, an Goethes Geburtstag, auf einem der Schreibtische und ließ sich von einem Manne, den ich, da ich die Tür nur einen Spalt weit geöffnet hatte, nicht sehen konnte und auch nicht wollte, hier lag sie und ließ sich – nun ja – was? Befriedigen? Das war zu hoffen. Sie hatte die Augen geschlossen, die Arme hinter dem Kopf verschränkt, und warf denselben mal zur einen Seite, mal zur anderen, bis sie zu meinem größten Entsetzen innehielt, die Augen öffnete und ihren Blick direkt in den meinen versenkte. Es war ein Lächeln in diesem Blick und ein Triumph, aber bevor ich mir noch darüber Rechenschaft ablegen konnte, stöhnte der Mann, den ich zum Glück nicht sah, befreit oder sich befreiend auf, während die Frau ihre Augen wieder schloss und erneut einige Laute von sich gab, die aus der rätselhaften Sphäre zwischen Schmerz und Lust herrührten.

War nicht dies der wahre Höhepunkt des Abends, mehr noch als alle Lesungen oder was auch immer sonst noch folgen mochte?

Nein. Nicht für mich. Jetzt war es nämlich soweit. Jetzt hatte Frau Adler Zeit für mich. „Kommen Sie", sagte sie, indem sie sich aus einer kleinen Gruppe herauslöste und auf mich zukam, „jetzt sprechen wir miteinander." Und sofort begann ein fleißiges Stühlerücken, durch das inmitten des runden Raumes ein innerer Zirkel entstand, in welchem außer Frau Adler, Sebastian Meckel und mir auch noch ein bärtiger, leicht sächselnder Kollege mit freundlichen, aufmerksamen Augen und einem von Alkohol gerötetem Gesicht saß, sowie eine zierliche junge Dame mit kurzen schwarzen Haaren, die, wie sich herausstellte, mit Erasmus bekannt war. Und ja, das war das Merkwürdige in dieser Situation, in der ich leider, entgegen meiner ursprünglichen Absicht, nicht mehr so nüchtern war, wie ich es mir vorgenommen hatte: anstatt nun die Gelegenheit beim Schopfe zu ergreifen und werbend über mich und meine Werke und meine künstlerischen Ziele zu sprechen, pries ich in einer Art Übersprungshandlung Erasmus, dessen Werke und dessen Ziele an, und zwar mit einem so durchschlagenden Erfolg (zumal Sebastian Meckel und die Zierliche mir auch noch beipflichteten), dass ich am Ende fürchten musste, Frau Adler werde mich aus dem Verlagsprogramm, in dem ich ja noch gar nicht drin war, wieder hinauswerfen und stattdessen Erasmus hineinnehmen. Ich muss nach Hause, dachte ich, während ich Frau Adler in den Ausschnitt ihres bunten Chiffonkleides starrte, ich muss nach Hause, sonst vermassele ich alles. Es ist doch gut gelaufen, also nichts wie weg von hier! Ich wusste aber nicht, wie ich den Absprung finden sollte.

Mein Retter war der Lektor Briegel. Ihm war nun wieder eingefallen, dass er mir ja noch seine Visitenkarte bringen wollte. Ob wir denn schon einen Termin vereinbart hätten, fragte er Frau Adler und mich, und als wir nach langem Hin und Her tatsächlich den Termin vereinbart oder zumindest doch ins Auge gefasst hatten, löste sich die Runde auf. Befreit, und um einen wenn auch noch nicht bis jede Einzelheit festgelegten Termin reicher, gab ich der Verlegerin, dem Lektor, Sebastian Meckel und der Zierlichen und meinetwegen auch dem Sächselnden die Hand, machte mich auf den Weg ins „Nippon", stopfte mir meine gelben Schaumstoffstöpsel in die Ohren und legte mich, ohne auch nur einen einzigen Blick in Buddhas Buch der Weisheiten zu werfen, ins Futon-Bett.

Von den Kopfschmerzen, der Reue und der Selbstverdammung am nächsten Morgen, will ich lieber schweigen.

# Im Literaturhaus

Das Beste wäre, ich ginge überhaupt nicht mehr aus dem Haus, dachte ich. Was treibt einen denn in die Gesellschaft? Ehrgeiz und Eitelkeit, Sehnsucht nach etwas, das es wahrscheinlich doch nicht gibt, und bestenfalls noch Neugier auf die Menschen und Geschichten, die überall herumschwirren, die komischen und die traurigen, die befreienden und die beklemmenden, die angenehmen und die peinlichen. Und peinlich ist im Grunde alles. Nein, dachte ich, es wäre wirklich besser, ich bliebe still und bescheiden in meinen eigenen vier Wänden, setzte mich gemütlich in einen Sessel, nähme ein Buch zur Hand und kümmerte mich nicht um das Getue. Da passiert dann wenigstens nicht viel, es sei denn, es ruft jemand an und fragt, warum ich mich so lange nicht gemeldet und wo ich denn gesteckt habe? – Gesteckt? Wieso? Ich war zu Hause. – Was? Die ganze Zeit? – Ja. – Niemals irgendwo hingegangen? – Nur in die Küche und ab und zu ins Badezimmer. – Findest du das nicht ein bisschen komisch? – Bisher noch nicht. – Aber du kannst dich doch nicht einfach so aus allem rausziehen. – Ich ziehe mich gar nicht einfach so aus allem raus, ich bleibe nur daheim. – Und was machst du da? – Lesen. – Bücher? – Ja. – Aber dabei muss man doch verrückt werden!!! – Kann sein, aber ich spür's noch nicht. – Naja, dann gute Besserung. Und wenn du wieder gesund bist, kannst du ja mal anrufen. Meine Nummer steht übrigens auch in einem Buch!

Und genauso, fürchtete ich, würde es einem eines Tages mit Petrus gehen, wenn er sich da oben mit dem goldenen Schlüssel in der Hand vor einem aufbaute und fragte, was hast du eigentlich dein Leben lang gemacht? – Gelesen. – Immer nur gelesen? – Ja. – Die Bibel? – Naja, auch, schon, aber ... – Immer nur in der Stube gehockt? Allem, was zu deinen Lebzeiten geschehen ist, ausgewichen, dem Komischen und dem Traurigen, dem Befreienden und dem Beklemmenden, dem Angenehmen und dem Peinlichen? Immer nur abseits gestanden, am sicheren Ort? Dann wird es ja Zeit, dass du mal was erlebst! Ab in die Hölle!

Und die Hölle, da war ich sicher, bestand aus lauter peinlichen Situationen, nicht aus den großen, wirklich bemerkenswerten und medienwirksamen, sondern aus diesen kleinen Momenten der Schiefheit und Verkehrtheit, die so wenig ins Gewicht fielen, dass es lächerlich wäre, über sie zu reden, die aber gerade deswegen ein Leben lang an einem nagten wie ein Pulk von Ratten oder wie der Zahn der Zeit. Gerade wenn man allein war und in aller Stille las, überfielen einen diese Peinlichkeiten gern mit einer Macht, gegen die kein Kraut gewachsen war, höchstens Alkohol oder Fernsehen oder beides. Lächerlichkeiten! Ich, als Neunjähriger inmitten meiner Hockeymannschaft. Wir stehen um den Trainer herum und lauschen seinen Worten. Er gibt dem gerade neu gewählten Mannschaftskapitän die nötigen Instruktionen. Ich versuche, mir alles genau zu merken, nicke eifrig und sage auf einmal – es entfährt mir – : „Ja, ist gut." – „Mit dir habe ich doch gar nicht geredet", sagt der Trainer und schickt mich zur Strafe für mein vorlautes Verhalten drei Runden um den Platz.

Nie würde ich diese Demütigung vergessen. Hatte ich mit meinem „Ja, ist gut" verraten, dass ich selbst gern

Kapitän geworden wäre? Und wenn schon! Was war daran verwerflich? Und warum gelang es mir auch nach Jahrzehnten nicht, den Trainer einen dummen Menschen zu nennen und mir mein blindes, übereifriges „Ja" zu verzeihen? Warum klebte und nagte die Pein, die ich mit neun Jahren erfahren hatte, vierzig Jahre später noch an mir, als wäre sie von gestern oder vorgestern?

Nein, auch zu Hause, in der Stille, war man nicht sicher vor den Peinlichkeiten. In Gesellschaft warteten die neuen auf einen, zu Hause kehrten die alten wieder, peinlich wurde es so oder so, und wenn es schon so war war, dann konnte man auch hin und wieder mal den Mantel vom Haken nehmen und sich hinausbegeben.

Ich verließ meine Wohnung und ging zu einer Dichterlesung. Ich hatte die Dichterin vor ein paar Wochen in Rendsburg während einer Tagung über „Aspekte der Nachkriegsliteratur" kennengelernt. Am dritten und letzten Tag war sie auf mich zugekommen und hatte gesagt: „Sie wollte ich auch noch kennenlernen."

„Mich? Warum?"

„Sie sehen so interessant aus mit ihren grauen Haaren."

„Dann muss ich sie wohl mal färben lassen."

„Sind Sie auch Schriftsteller?"

„Ja, aber nur morgens, und wenn ich am Abend vorher nicht zu viel getrunken habe."

„Ich schreibe nämlich auch."

„Ach, tatsächlich?"

Und dann hatte sie mir, ohne dass ich recht wusste, wie mir geschah, von ihren Begegnungen mit berühmten Dichtern erzählt, mit Peter R., Wolf B. und Walter K. Ich hatte ihren Redestrom über mich ergehen lassen und immer nur gedacht, es ist ein Fehler, dass ich mich auf sie eingelassen habe, es ist ein Fehler, wie komme ich bloß

63

hier raus? Und dennoch hatte ich ihr, als sie mir ihre Visitenkarte überreichte, auch die meine ausgehändigt, und als sie sagte, sie werde demnächst nach Berlin fahren und dort eine Lesung halten, hatte ich fast schon begeistert ausgerufen, das sei ja interessant, ich würde ganz bestimmt kommen. Vor ein paar Tagen war mir die Einladung ins Haus geflattert:

„Dörte Blunck aus Philadelphia liest Gedichte und Prosa (aus dem Essay ‚Begegnungen mit berühmten Zeitgenossen‘) – im Literaturhaus, Kaminzimmer, Fasanenstraße 23.
Bitte kommen, damit Autorin nicht vor beschämend leeren Stühlen liest!! – Danach wird gefeiert."

Ich war ein wenig durchgefroren, als ich die herrschaftliche Jugendstilvilla betrat. Es war nun doch schon Herbst, Ende Oktober. Ich sollte mal die dicke Lederjacke aus dem Schrank holen, dachte ich. Auch die linke Hand, in der ich die Zigarette hielt, war kalt. Handschuhe wären jetzt nicht schlecht. Ich blieb im Vorraum stehen, rauchte meine Zigarette zu Ende und beobachtete, wie viele Leute zu der Lesung strömten. Niemand strömte. Die Tür zum Kaminzimmer stand offen, doch kein Laut, kein Lachen, kein Gemurmel drang an mein Ohr. Und wenn ich der einzige Zuhörer bin, dachte ich, was dann? Ich rauchte schnell noch eine weitere Zigarette, nahm all meinen Mut zusammen und ging hinein. Fünfzig Stühle, sieben Leute, schweigend, zu Boden blickend, den Inhalt ihrer Brieftasche überprüfend, meditierend. Vorn ein Tisch, dahinter in roter Seidenjacke die Dichterin. „Oh, das ist aber nett, dass Sie kommen", rief sie aus und erhob sich sogar, um mich zu begrüßen. „Den Herrn habe ich in Rendsburg kennengelernt, bei einem Seminar über …" – und während sie den anderen erklärte, wann und wo wir uns begegnet waren, bemühte ich mich, in Körperhaltung und Gesichtsausdruck hervorzuheben, dass allein meine Schwäche und ihre Aufdringlichkeit uns verbanden, und dass ich bestimmt nicht hergekommen wäre, wenn ich gewusst hätte, dass nur sieben traurige Gestalten hier herumsitzen würden, beziehungsweise jetzt, mit mir zusammen, acht. Ich setzte mich, stand aber gleich wieder auf und ging zur Tür.

„Sie wollen doch nicht schon wieder gehen?" flüsterte die Dichterin ängstlich, ja, schon panisch.

Aber nein. Ich holte mir nur ein Bier. Als ich zurückkam, war die Dichterin dabei, sich zu beklagen, dass nur so wenige Zuhörer gekommen seien. Sie habe dreißig Leute angeschrieben, und nun das!

Aber, dachte ich, wenn unter den dreißig Angeschriebenen noch mehr so fernstehende, nach wenigen Minuten aufgezwungener Bekanntschaft zur Adressenübergabe genötigte Personen waren wie ich, dann war das doch ein gutes Ergebnis.

Ich nippte an meinem Bier und betete darum, dass die Dichterin anfing. Die scherzhaften Worte, mit denen sie ihr Publikum über das Traurige der Situation hinwegtrösten wollte, blieben sauertöpfisch, bemüht. Überhaupt hatte sie einen beleidigten, lebensneidischen Ausdruck im Gesicht. Sie war vielleicht Mitte Vierzig, ihre Gesichtszüge waren fein, die Haut glatt, die Augen grün. Schon in Rendsburg war mir aufgefallen, dass sie in manchen Momenten beinahe mädchenhaft hübsch aussah. Aber das Mädchen war verhext, und kein Prinz, so fürchtete ich, würde sich mehr finden, sie aus dem bösen Zauber zu erlösen. Sie würde ewig unbefriedigt und enttäuscht bleiben, und ihre Gier nach Anerkennung würde jeden, um dessen Anerkennung sie bis zur Selbsterniedrigung buhlte, in die Flucht schlagen.

„Also gut", sagte sie, „es sieht ja nicht so aus, als würde der Saal noch voll werden. Dann fange ich mal an."

Sie fing an. Nicht mit der Lesung, aber mit der Vorrede, die sie sich zurechtgelegt hatte. In Amerika – sie lebe ja nun seit Jahrzehnten in Philadelphia – sei es üblich, etwas über die Entstehung der Gedichte zu erzählen, über die Situation, die sie beschreiben, über die Empfindungen der Dichterin, die darin aufbewahrt seien, und dergleichen mehr. In Deutschland dagegen wolle man, dass ein Gedicht für sich stehe, l'art pour l'art, und halte den Kommentar für verwerflich. Wie es denn die Anwesenden lieber hätten?

Die Anwesenden dachten angestrengt nach.

Warum sollen wir entscheiden, dachte ich, entscheide du. Du hast uns doch hierher bestellt. Mach irgendwas, das uns Vergnügen bereitet, Gedicht oder Kommentar, egal was, Hauptsache wir sitzen hier nicht weiter so herum und bereuen, dass wir nicht ins Kino gegangen sind. „Ich würde den Kommentar sehr gern hören", sagte ich laut, um die immer peinlicher werdende Pause zu beenden und weil ich wusste, dass die Dichterin begierig darauf war, von sich als Dichterin zu sprechen. Sie machte vermutlich nur deswegen Gedichte, damit sie in der Welt herumreisen und jedem, der es nicht wissen wollte, erzählen konnte, sie sei eine Dichterin. Sie dachte wahrscheinlich, das sei etwas Gutes und die anderen dächten das auch.

„Na, schön", sagte sie, „dann werde ich mal ein bisschen was von mir erzählen." Sie sei in Norddeutschland aufgewachsen, habe an verschiedenen Universitäten Germanistik, Romanistik, Geschichte und Psychologie studiert,

66

habe dann ihren Mann kennengelernt und sei mit ihm nach Amerika gegangen. Die Trennung von ihrer Heimat habe sie zur Dichterin gemacht. Aber sie habe es ein wenig schwer. In Amerika könne sie ihre Gedichte nicht veröffentlichen, weil sie in deutscher Sprache schreibe, in Deutschland aber nehme man ihr übel, dass sie in Amerika lebe.

Ich fragte mich, ob wirklich irgendjemand soviel Interesse an ihr hatte, dass er ihr etwas übelnahm, aber ich sagte mir zugleich, sei nicht so hochmütig, du hast ja noch gar nichts von ihr gehört, und außerdem verstehst du nichts von Gedichten.

Von ihrem allerersten Flug nach Philadelphia, durch den sie, wie gesagt, zur Dichterin geworden sei, handele das nun folgende Gedicht, sagte Dörte Blunck und begann mit der Lesung.

Ein Flugzeug kreist über Philadelphia, es landet, die Dichterin steigt aus, sie hat zwei Koffer, der eine enthält das Gute, der andere das Böse, anstatt aber nur den einen aufzumachen, öffnet sie beide.

Ich fand das irgendwie ganz nett und fügte meine Hände zum Applaus zusammen.

Die Dichterin dankte artig und las weitere Verse. Von der Liebe, von der Mutter, vom Frühling, vom Sommer, vom Märchenprinzen, vom Tod und natürlich auch von ihrer Katze mit den grünen Augen. Manchmal lachte ich, weil ich eine Wendung komisch fand, aber ich war mir nicht sicher, ob die Komik freiwillig oder unfreiwillig war, und da die anderen nicht mitlachten, dachte ich, wahrscheinlich verrätst du mit deinem Lachen nur, wie wenig du von Lyrik verstehst.

Endlich klappte die Dichterin das Büchlein zu. Jetzt werde sie noch aus ihrem Essay lesen, sagte sie und nahm sich einen Stapel loser Blätter vor. Sie sei von ihrem Verleger aufgefordert worden, über ihre Begegnungen mit berühmten Zeitgenossen zu schreiben, aber aus irgendeinem Grunde habe er sich nachher nicht entschließen können, ein Buch daraus zu machen. Der Essay begann mit einem Rückblick auf die Jugend der Dichterin, bewegte sich dann zielstrebig auf den Moment zu, der sie zur Dichterin gemacht hatte, die Heirat und die damit unwiderruflich beschlossene Auswanderung nach Philadelphia, und landete dann endlich bei den von der Dichterin als schicksalhaft und sie in ihrer Dichterinnenexistenz bestärkenden „Begegnungen".

Einmal war sie dem Liedersänger Wolf B. begegnet. Auf einem Flughafen habe sie neben ihm gesessen und später sogar auch im Flugzeug. Nach langem inneren Ringen habe sie ihm ihre Gedichte gezeigt, dazu auch noch das anerkennende Schreiben eines anderen Dichters, Peter R.!

„Haben Sie mit ihm geschlafen?" fragte Wolf B., nachdem er den Brief gelesen hatte. Und dann – aus Eifersucht oder sie wisse nicht warum – habe er plötzlich seine Fassung verloren und sie angebrüllt. Im Flugzeug! Vor allen Leuten! Ihre Gedichte seien grottenschlecht, habe er geschrien, kein Reim passe auf den anderen, die Gefühle seien verlogen, die Gedanken schwach, der poetische Gehalt gleich null! Ganz verwirrt sei sie gewesen! In ihrer Ratlosigkeit und Verzweiflung habe sie ihm dann ein weiteres Gedicht aufgeschrieben, das Gedicht vom Schaf im Wolfspelz. Und siehe da: das habe ihn beruhigt, ja versöhnt. Zum Abschied habe er ihr sogar die Hand geküsst!

Soweit die erste Episode. Ich kannte sie schon. Die Dichterin hatte sie mir mit fast denselben Worten in Rendsburg auf dem Hof des Nordkollegs erzählt. Schon damals war ich bei der Frage „Haben Sie mit ihm geschlafen?"

zusammengezuckt, weil sich die Dichterin durch die Erwähnung dieser Frage als Objekt möglicher Begierde dargestellt und ich den Gedanken daran, diese Frau umarmen zu sollen, nicht gerade angenehm gefunden hatte.

Die zweite Episode handelte vom Schriftsteller Walter K., bei dem die Dichterin sogar zu Hause gewesen war. Und wieder berichtete sie beinahe mit Stolz, wie es dazu gekommen war, dass ein bedeutender Dichter seine Contenance verlor. Es war ihr offenbar ein Vergnügen, damit zu renommieren, wie viele Berühmtheiten sie schon dazu gebracht hatte, aus der Haut zu fahren. Gegen das Gebrüll des Dichters Walter K. habe sie sich aber entschieden zur Wehr gesetzt. „Ich habe Germanistik studiert", habe sie gesagt, „ich habe einen Doktortitel, ich habe eine Dissertation über Heinrich Heine geschrieben, da muss ich mir Ihren Ton nicht gefallen lassen."

Die dritte Episode war frei von Gebrüll. Der Dichter Peter R., der ihr einen Brief geschrieben und darin ihre Gedichte gelobt hatte, machte von New York, wohin er zu einer Lesung gefahren war, einen Abstecher nach Philadelphia. Sie habe ihn, berichtete die Dichterin in ihrem Text, am Flughafen abgeholt, und schon bei seiner Ankunft habe er gesagt: „Es war ein Fehler, dass ich hergekommen bin, es war ein schwerer Fehler!" Sie habe ihn ins Hotel begleitet, sei mit ihm essen gegangen, und immer wieder habe er gesagt, es sei ein Fehler gewesen, ein schwerer Fehler.

Darüber musste ich von Herzen lachen. Ich war diesem Dichter zweimal inmitten größerer Gesellschaften begegnet, und beide Male hatte er es fertiggebracht, die ganze Runde durch sein komisch-übertriebenes Gejammer in Atem zu halten und zu erheitern. Das erste Mal waren es Zahnschmerzen gewesen, für die er, wie ich von anderen hörte, schon seit Jahrzehnten berühmt war, das zweite

69

Mal irgendein psychisches Desaster, dessen Ursache ich nicht in Erfahrung bringen konnte oder wollte.

Durch sein Gejammer, das sie nicht als schmeichelhaft empfunden habe, sei es alsbald zu einer schweren Verstimmung zwischen ihr und dem Dichter gekommen, berichtete die Dichterin in ihrem „Essay", so dass sie ihn schließlich der Obhut des örtlichen Goetheinstituts überlassen musste, wo er, nachdem er zum Vergnügen einer kleinen deutschen Gemeinde eine amüsante Lesung gehalten hatte, inmitten einiger junger Damen kräftig aufgeblüht war. Vom schweren Fehler war nicht mehr die Rede. Seine Lebenslust und -laune habe sich im Gegenteil so gehoben, dass es zwischen ihnen noch zu einem sehr harmonischen und herzlichen Abschied gekommen sei. Zwischendurch hatte die Dichterin, wie sie mit künstlerischer Offenheit erzählte, neben ihrem Ehemann im Bett gelegen und sich sehnsüchtig nach dem Dichter, den sie in poetischer Schwärmerei mit Heinrich Heine verschnitt und „mein Heinrich Peter" nannte, verzehrt, und ich konnte nicht umhin, mich genauso wie der Dichter Wolf B. zu fragen, ob „mein Heinrich Peter" in Philadelphia mit unserer Dichterin geschlafen habe. Aber das ging eigentlich niemand etwas an.

Höflicher Applaus belohnte die Dichterin. Nun sollte und musste gefeiert werden.

Im Restaurant des Literaturhauses war ein Tisch bestellt worden. Ich hatte das Glück, neben der Dichterin zu sitzen. Zu meiner Linken saß ein groß gewachsener Mann mit schwarzer Lederjacke, Halbglatze, grauen Haaren und nachdenklichen Falten auf der Stirn. Er schrieb Drehbücher. Das kam heraus, weil eine kleine, kernige Frau, die aus einem der sogenannten neuen Bundesländer stammte, forderte, dass jeder sich den anderen vorstellen möge.

Sie war auf den ersten Blick recht hübsch, hatte aber etwas so Strenges und entschieden Schwesterliches, etwas so kumpelhaft Humorloses und Unkokettes, dass ich keine Lust hatte, mich auch nur eine einzige Sekunde mit ihr abzugeben. Sie war Journalistin bei einer Potsdamer Zeitung, der Mann neben ihr war ein Kollege. Ein anderer schrieb für den „Tagesspiegel". Eine ältere Dame, die einen grauen Männerhut trug, war mit der Dichterin befreundet und brauchte daher keinen Beruf anzugeben. Sie hatte, wie ich später erfuhr, beträchtliche Anteile an einer Firma für die Herstellung von Ytongsteinen und war steinreich. Ein Mann mit dunkler Brille, gerader, kräftiger Nase, einem starren und zugleich lebendig leuchtenden Blick, der einen griechischen Namen hatte, war Filmregisseur und, wie sich herausstellte, der Freund des nachdenklichen Mannes neben mir.

Und ich? Wer war ich? Ich wurde rot und fing an zu stottern, wie immer wenn mir diese Frage – die in meinen Ohren niemals anders klang als: Was haben Sie eigentlich auf dieser Welt zu suchen? – gestellt wurde. Mit Mühe brachte ich das Wort „Schriftsteller" heraus und sagte, ich hätte drei Theaterstücke geschrieben, von denen zwei sogar schon aufgeführt worden seien. Ach ja, sagte der Nachdenkliche, er habe sogar ein paar Rezensionen darüber gelesen.

Was? sagte ich ungläubig.

Ja, sagte er, wie um sich dafür zu entschuldigen, er habe nämlich selbst lange Zeit am Theater gearbeitet, als Regieassistent. Und nun zählte er eine Reihe von Theatern und Theaterleuten auf, an die ich mich aus meiner eigenen Zeit als Schauspieler noch gut erinnern konnte, so dass sich ein sehr anregendes und auch angenehmes Gespräch ergab, zumal wir beide Raucher waren und uns wechselseitig mit Zigaretten aushalfen. Hin und wieder wurden wir von der Dichterin unterbrochen, die immer wieder sagte, sie könne nichts verstehen und wolle auch mit einbezogen werden. Dann wiederholte der Nachdenkliche etwas, das ich gerade gesagt hatte, und ich ersah daraus, dass er ein guter Zuhörer war. Vor vielen Jahren, während ihrer gemeinsamen Schulzeit, war er der Geliebte oder wenigstens der Angebetete der Dichterin gewesen, ohne freilich ihre Liebe zu erwidern. Darüber hatte sie sogar einen Roman geschrieben, nur hatte sich noch kein Verlag dafür gefunden. „Hier", sagte sie, indem sie aus ihrer Handtasche einen Brief hervorzog und mir vor die Nase hielt, „lesen Sie das." Ich dachte natürlich, es handele sich um den Brief ihres geliebten „Heinrich Peter", über welchen sich der Liedermacher Wolf B. so erregt hatte, aber es war ein langes, sehr respektvolles Schreiben der Lektorin eines angesehenen Verlages, die ihren Roman in den höchsten Tönen lobte, bevor sie der Dichterin bedauernd mitteilte, dass der Verlag sich leider nicht zu einer Veröffentlichung entschließen könne.

Ich kannte aus eigener Erfahrung das Absageverhalten von Verlagen und konnte ermessen, welch unschätzbaren Wert eine so liebevoll gehaltene Absage für die Dichterin haben musste. Ich hatte einmal einen ähnlichen Brief bekommen und mich sehr beherrschen müssen, ihn nicht ebenfalls überall herumzuzeigen. Nachdem der Nachdenkliche genug von sich erzählt hatte, gab ich im Austausch dafür nun auch Teile meiner eigenen Biographie preis. In solchen Momenten, in denen man versucht, dem Fremden das eigene Leben zu erklären, rückt das Vergangene ja auf eine wunderbare Weise näher, blüht auf wie die Rose, die Paracelsus aus der Asche entstehen ließ, und wird wie durch Zauberei lebendig. In München auf der

Schauspielschule sei ich gewesen, sagte ich und nannte die Namen meiner Lehrer. Dann Dortmund, Städtische Bühnen, Kindertheater! Dann aber, 1968, sei ich vom Theater abgegangen und nach Berlin gezogen. Am Anfang hätte ich zwar noch das Ziel gehabt, eine freie Theatergruppe zu gründen, dann aber sei ich von der linken Bewegung oder der Apo, wie sie damals hieß, so fasziniert gewesen, dass mir das Theater und ganze die Kunst überholt, veraltet, lächerlich erschienen seien. Und damit sei ich nicht allein gewesen. In der Literatur sei dasselbe passiert. Enzensberger: Die Literatur ist tot! Und so weiter. Selbst die Maler hätten vorübergehend ihre Pinsel beiseitegelegt. So sei ich also vom Theater abgekommen, sprudelte es aus mir heraus, während ich eine Zigarette nach der anderen rauchte und mich beim Weintrinken auch nicht gerade zurückhielt, aber es sei doch ein nagender Trennungsschmerz zurückgeblieben, als wäre der Abgang vom Theater die Vertreibung aus dem Paradies gewesen. Bis auf den heutigen Tag sei ich nicht frei von der Sehnsucht, in dieser oder jener Weise wieder mit dem Theater, so rührend veraltet es einem auch vorkommen möge, in Berührung zu kommen und aus einem Abtrünnigen und verlorenen Sohn zu einem heimgekehrten und wiederaufgenommenen zu werden.

„Aber Ihre Stücke sind doch aufgeführt worden!" sagte der Nachdenkliche kopfschüttelnd und wohl auch ein bisschen tröstend, wodurch ich, leider viel zu spät, bemerkte, dass ich mich in die Rolle eines zu Bedauernden hinein fabuliert hatte.

„Ja", sagte ich, „oder nein! Ich hatte gedacht, ich kann bei den Proben dabei sein und möglicherweise bei der Regie ein wenig mitreden –, aber das war genau das, was sie verhindern wollten. Nichts fürchtet der Regisseur so sehr wie einen Autor, der ihm ins Handwerk pfuscht. Nur der tote Autor ist ein guter Autor. Das ist eine der schmerzlichsten Erfahrungen, die ich in den vergangenen Jahren habe machen müssen."

An dieser Stelle wurden meine Konfessionen unterbrochen. Niemand bedauerte das, ich am allerwenigsten. Bedauerlich war nur, wie es geschah. Es war spät geworden. Das Journalistenpaar aus Potsdam war längst aufgebrochen, um nicht die letzte S-Bahn zu verpassen. Der für den „Tagesspiegel" schreibende Kollege hatte sich schon vorher verkrümelt, und auch die ältere Dame hatte sich von der Dichterin, die übermorgen nach Philadelphia zurückfliegen wollte, verabschiedet und ihr die besten Wünsche mit auf den Weg gegeben. Nur der Grieche, der Freund des Nachdenklichen, saß außer uns noch mit der Dichterin am Tisch und hatte, wie ich auch bei noch so eifriger Selbstdarstellung nicht überhören konnte, einen kleinen Disput mit ihr begonnen, ein Wortgefecht, das sich langsam aber sicher zu einem prächtigen Streit gesteigert hatte. „Nein", schrie er plötzlich, und an dieser Stelle gab ich jeden Behauptungswillen auf und beschloss, von nun an nur noch den Ausführungen der anderen zu folgen, „nein, Dörte Blunck, du bist keine Dichterin, du hast nicht einen Funken Poesie in deinen Adern. Du bist eine selbstsüchtige, egozentrische, kitschige Person, die in ihrem ganzen Leben nicht ein einziges gutes Gedicht zustande gebracht hat! Dir geht es nicht um die Dichtung, dir geht es um dich! Aber dein Ich hat nichts Bedeutendes, nichts Beispielhaftes, nichts Tragisches, nichts Komisches, es ist nur ein lästiges, überflüssiges, aufgeblasenes und total frustriertes Hausfrauen-Ich, das sich mit aller Schamlosigkeit in die Kunst hineindrängen will, wo es nichts zu suchen hat, gar nichts, überhaupt nichts! Wenn du nicht soviel Geld hättest, dann wärest du ein noch nichtigeres Nichts, als du es ohnehin schon bist, soviel ist sicher! Du bist keine Dichterin, du bist eine Dichterdarstellerin, und auch das noch auf eine billige, schmierenkomödiantische Weise, das ist die Wahrheit. Alle Welt versinkt vor Scham in den Boden, wenn du deine sogenannten Gedichte vorträgst, nur du selbst, die sich am meisten schämen sollte, merkst es nicht. Wie kannst du eine Dichterin sein, wenn du so blind bist, so schamlos, so unempfindlich für das, was du den anderen zufügst! Ich verachte dich, Dörte Blunck, und ich kann dein egozentrisches Geschwätz nicht mehr ertragen, so! Du hast die Wahrheit gewollt, da hast du die Wahrheit, jetzt nimm sie dir zu Herzen oder lass sie an dir abprallen, es ist mir gleichgültig, es ist mir egal, es ist mir – Jamas!" Mitten im Satz hörte er auf, hob sein Weinglas in die Höhe, lächelte und prostete uns zu.

Die Dichterin saß wie versteinert da und hielt ihre schwarze Handtasche mit beiden Händen umklammert. Ich erwartete, dass sie nun ihrerseits mit einer Schrei- und Schimpfkanonade antworten würde, aber stattdessen sagte sie mit theatralischer Ruhe und einem, wie soll ich sagen, pathetischem Understatement: „Sehr schön. Wunderbar. Ganz herrlich. Allerliebst. Das ist nun also der Dank dafür, dass meine Mutter und ich Euch hunderte Male zum Essen eingeladen haben. Wunderbar. Aber so ist die Welt. Man lädt jemand zum Essen ein und muss sich dann auch noch von ihm beschimpfen lassen. Herrlich. Sehr schön. Allerliebst."

Darüber verlor nun sogar auch der Nachdenkliche seine Ruhe: „Das ist eine saudumme Gemeinheit, Dörte", schrie er, „das weißt du genau. Aber bitte, meinetwegen, bitte: Schick mir die Rechnung für hundertmal Essen, dann werde ich sie dir bezahlen, auf Heller und Pfennig, und am besten fangen wir gleich damit an! Du bist eingeladen, heute bist du unser Gast. Herr Ober, wir möchten zahlen!"

„Ich zahle für mich selbst!" sagte die Dichterin nun auch etwas lauter und stand auf, um den Ober abzufangen, bevor er an unseren Tisch kommen konnte. „Und ich danke euch" – wofür, wusste man nun wirklich nicht mehr – „ich danke euch, wir werden uns in diesem Leben bestimmt nicht wiedersehen."

Sie wandte sich zum Gehen, kam aber, nachdem sie dem Ober das Geld für ihre Zeche in die Hand gedrückt hatte, noch einmal zurück, wobei sie mit bösem Blick auf einmal mich anstarrte. „Und Sie", sagte sie sehr prononciert und noch immer theatralisch, anders konnte sie offenbar nicht, „Sie haben die Schuld daran. Ich danke Ihnen. Vielen Dank!"

Das war nun wirklich eine überraschende Wendung. Der Grieche sagte ihr Wahrheiten ins Gesicht, und ich hatte die Schuld. Und doch erschien mir der Vorwurf nicht gänzlich an den Haaren herbeigezogen. War ich nicht überhaupt nur widerstrebend und gegen jeden guten Rat meiner inneren Stimme ins Literaturhaus gegangen? Und hätte ich nicht ehrlicherweise nach der Lesung sofort das Weite suchen müssen, anstatt mich lügenhaft und heuchlerisch neben die Dichterin zu setzen und mich zwischen sie und ihre Jugendliebe zu drängen?

Es war schon spät, ich hatte viel getrunken, viel geraucht, aber das war nicht der Grund dafür, dass ich mich schäbig fühlte, ja, verräterisch. Ich hatte diese Frau verraten, und ich hatte es deswegen getan, weil ich mich ihr verwandt fühlte: All das, was der Grieche ihr auf den Kopf zu gesagt hatte, hätte er auch zu mir sagen können, es hätte mich nicht gewundert. Ich hätte ihm sogar recht gegeben. Ich bin nicht ein Schriftsteller, weil ich schreibe,

76

hätte ich gesagt, sondern ich schreibe, weil ich ein Schriftsteller sein will. Das ist die Wahrheit. Aber da der Grieche nicht auf die Idee kam, mir irgend etwas auf den Kopf zu zu sagen, sagte ich nur „Auf Wiedersehen" und behielt den Rest für mich.

Am nächsten Tage und auch noch an den zwei darauffolgenden befand ich mich im Zustand tiefster Depression. Dann geschah ein Wunder. Ich kaufte mir ein Buch von Hans Sahl, dem neunzigjährigen Dichter, dem ich vor einigen Monaten auf einem Verlagsfest begegnet war. Ich blätterte in seinem Memoirenband und stieß auf einen Satz, der mich nicht nur beruhigte, sondern aufrichtete und geradezu ermutigte: „Ein Schriftsteller", so stand da, „ist ein Mensch, der beschlossen hat, ein Schriftsteller zu werden." Ein wunderbarer und erlösender Satz, von einem der es wissen musste. Schließlich war er damit neunzig Jahre alt geworden.

Na, wenn es so ist, dachte ich, dann kann ich ja so weitermachen wie bisher.

# Seliges Vergessen

Schon vor einigen Wochen hatte ich den Anruf bekommen. Die Stimme hätte ich auch wiedererkannt, wenn sie den Namen ihres Besitzers nicht herausposaunt hätte. Der Mann war mir seit Jahren verhasst. Wann immer sich die Gelegenheit dazu ergab, hatte ich auf ihn geschimpft und über ihn gelästert und dazu die Episode erzählt, die mich, wie ich fand, dazu berechtigte, auf ihn zu schimpfen und über ihn zu lästern.

Er hieß Carl Deschauer, genannt „CD", und war der Gründer und Leiter eines eingetragenen Vereins mit Namen „Autoren unterm Dach", dessen einzige Aufgabe es war, in wöchentlichem Abstand Lesungen von Autoren neu erschienener belletristischer Werke zu veranstalten. Der Name „Autoren unterm Dach" rührte daher, dass die Räume des Vereins sich anfangs, also vor rund fünfundzwanzig Jahren, im obersten Stockwerk eines Mietshauses in Friedenau befunden hatten. Inzwischen war der Verein längst nach Charlottenburg umgezogen, und zwar ins Parterre, in eine sogenannte Ladenwohnung, aber man hatte den alten Namen trotzdem behalten und sich nicht etwa einen neuen zugelegt, wie „Lesungen im Laden" oder „Autoren am Boden", oder was immer jetzt der angemessene Name gewesen wäre.

Als ich meine bescheidene Laufbahn begann – sie glich lange Zeit den Laufbahnen sogenannter Fitnessgeräte oder Heimtrainer, auf denen man bis zur Erschöpfung rennen konnte, ohne auch nur einen einzigen Millimeter vorwärts zu kommen –, besuchte ich beinahe regelmäßig die Lesungen von „Autoren unterm Dach", immer bereit zuzuhören und zu lernen und die Autoren zu beneiden, die hier aus ihren selbstverfassten Werken lesen durften. Manchmal ergriff ich nach den Lesungen das Wort und beteiligte mich an einer Diskussion, drückte mich dabei aber immer so unbeholfen und stammelnd aus, dass niemand, nicht einmal ich selbst, wusste, was ich eigentlich hatte sagen wollen. Es war vermutlich aber auch nichts anderes, als: „Seht her, hier bin ich, ich habe auch ein paar Sachen, die ich gern mal vorlesen würde, aber naja – sind noch nicht veröffentlicht."

Carl Deschauer war, wie ich nach ein paar Monaten herausfand, nicht nur die Seele dieses Vereins, sondern auch Mitherausgeber einer Literaturzeitschrift, in welcher Kurzgeschichten und Gedichte zum Abdruck kamen. Ich hatte ein paar kurze Texte in meiner Schublade, hatte aber nie an eine Veröffentlichung gedacht. Doch nun, wo ich durch Zufall entdeckte, dass CD Mitherausgeber der „Anschlagsäule" (so hieß die Zeitschrift) war, dachte ich: Da ich diesen Mann von Angesicht zu Angesicht kenne und ihn sogar, wenn ich ihm auf der Straße begegne, schüchtern grüße, könnte ich ihm doch mal eine meiner Geschichten zu lesen geben und ihn fragen, ob er sie nicht abdrucken will? Aber zugleich dachte ich: Lass es lieber, es ist sowieso nichts wert, deine Kurzgeschichten sind, wenn du mal ehrlich bist, lauter Romananfänge, aus denen nichts geworden ist, wer will das lesen, du etwa? Du liest doch selbst normalerweise keine Kurzgeschichten, also nimm dich nicht so wichtig und vergiss die Sache.

Dieses „Nimm dich nicht so wichtig" gehörte, nebenbei bemerkt, zu den Sätzen, die permanent in meinen

Kopf hineingefunkt wurden, wahrscheinlich saß meine Mutter irgendwo da oben und drückte dauernd auf die entsprechende Taste. Trotzdem wagte ich es eines Tages, dem auch körperlich gewichtigen Herausgeber der „Anschlagsäule" einen kleinen Text zu überreichen, diskret in einen braunen Umschlag gehüllt. Er hieß „Der erste Satz" und handelte von einem Möchtegern-Schriftsteller, der einem befreundeten Buchhändler die Ohren darüber voll jammert, dass er nichts, was er zu schreiben beginne, zu Ende bringe, weil er sich immer, kaum habe er einen Anfang gemacht, in ein, wie es wörtlich hieß, „Ausdrucksgefängnis" eingesperrt fühle. Dieser ursprüngliche Romananfang hatte nach etwa zehn Seiten einen abrupten Schluss bekommen und sollte nun als Kurzgeschichte durchgehen. CD Deschauer nahm den Umschlag, sagte, er werde bei Gelegenheit mal hineinschauen und kümmerte sich dann wieder um die Autorin, die an diesem Abend lesen durfte.

Woche um Woche verging.

Mit klopfendem Herzen und schweißnassen Händen betrat ich an den Tagen, an denen gelesen wurde, die Räumlichkeiten von „Autoren unterm Dach" und hoffte und fürchtete zugleich, CD werde mich beiseite nehmen und das Urteil über meine Kurzgeschichte sprechen. Würde der Daumen nach oben zeigen? Oder nach unten?

Er zeigte überhaupt nicht.

Anfangs war ich noch erleichtert, wenn wieder einmal nichts geschehen war, erlaubte mir dieses Vakuum doch immerhin, weiter zu hoffen und zu bangen. War das nicht besser, als mit einer Niederlage zu leben? Aber irgendwann wurde das Hoffen selbst zur Niederlage: Warum fragte ich CD nicht? War ich zu feige? Hatte ich solche Angst vor der Wahrheit?

Ich hatte solche Angst, aber eines Tages hatte ich doch den Mut. Und so entspann sich, beinahe wie von selbst, der folgende Dialog:

AUTOR *(stotternd, errötend, mit leiser Stimme)*: „Ja, also – wegen der Geschichte – es würde mich doch interessieren – also, ich weiß nicht, ob Sie sie schon gelesen haben, aber – äh – ?"

CD *(mit dröhnender Stimme, freundlich, jovial)*: „Jaja, richtig, da war doch was? Vielleicht können Sie mir ein bisschen auf die Sprünge helfen? Gedichte, sagten Sie?"

AUTOR *(sich windend vor Scham, weil, wie er meint, alle Ohren ihn belauschen und alle Augen auf ihn starren)*: „Gedichte? Nein, Geschichte, Kurzgeschichte, ich hab Sie Ihnen doch vor ein paar Wochen hier – persönlich – in einem braunen Umschlag – "

CD *(unverändert dröhnend)*: „Ach ja, ja, jetzt erinnere ich mich. ‚Der gordische Knoten', stimmt's?"

AUTOR *(erfreut, dass beim Herausgeber die Sonne der Erinnerung durch die Wolken des Vergessens lugt)*: „Jaja, der gordische Knoten wird darin erwähnt, aber die Geschichte hieß: ‚Der erste Satz'. Es geht darin ja eigentlich darum, dass – "

CD *(um keinen Deut diskreter)*: „Ausdrucksgefängnis, jaja, jetzt erinnere ich mich. Also ich muss schon sagen: Ein rasanter Anfang! Aber es gibt eben doch ein paar Schwächen in dem Text, stilistische Mängel, Rhythmusstörungen, Ausdrucksungenauigkeiten, mangelhaftes Timing und so weiter. Ich würde sagen, Sie sollten die Sache noch mal Satz für Satz durchgehen – am Text feilen, meißeln, schleifen, polieren, Sie verstehen. Nicht irgendetwas hinschreiben und denken, das sei es schon. Das ist es noch lange nicht. Aber naja, ich muss mich jetzt mal wieder um meinen Autor kümmern, wir können ja vielleicht ein anderes Mal – "

Zu einem anderen Mal kam es nicht. Ich hatte während dieser Szene immer nur den Wunsch gehabt, in den Boden zu versinken oder mich in Luft aufzulösen oder beides, so sehr schämte ich mich, hier vor allen Leuten gönnerhaft belehrt zu werden. Nie wieder betrete ich diesen Laden, schwor ich mir, und daran hatte ich mich auch gehalten, bis – nun ja, bis jetzt, wo ich vom großen CD Deschauer persönlich den Auftrag bekam, in seinem Laden aus meinem gerade erst erschienenen Debüt zu lesen. „Ich habe übrigens das Gefühl, wir wären uns schon mal begegnet", sagte er am Telefon.

„Jaja", sagte ich. „Kann sein."

Natürlich war ich aufgeregt, als ich mich auf den Weg machte. Ich hatte den ganzen Tag lesen geübt, damit ich mich nicht allzuoft versprach oder verhaspelte. Ich war sogar vor einer Woche schon zur Lesung eines anderen Schriftstellers gegangen, nicht weil ich mich für dessen Werk besonders interessierte, sondern um zu sehen, wo das Lesepult stand, mit welcher Stimmstärke man sprechen und wohin man den Blick richten musste und so weiter, kurz, um mich mit meiner Bühne vertraut zu machen. Der andere, auch ein Debütant, las aus einem Kriminalroman, und eine Frau aus dem Publikum sagte hinterher, sie hätte das, was er da eben vorgetragen habe, ziemlich langweilig gefunden. Verflucht, dachte ich, was mache ich, wenn sie mir so etwas sagt? Einfach dastehen und lächeln und die Kröte schlucken, wie es der Kollege getan hat? Nein, ich setze mich zur Wehr, soviel ist sicher. Ich sage dieser Frau, ich hätte nicht die Absicht, mich von ihr heruntermachen zu lassen, ich hätte etwas vorgelesen und gehofft, ihr damit einiges Vergnügen zu bereiten, und wenn mir das misslungen sei, dann täte es mir leid. Im

Übrigen sei die Veranstaltung kostenlos und der Besuch freiwillig, sie sei also um nichts betrogen worden, weder um ihr Geld noch um ihre Zeit, niemand habe sie gezwungen herzukommen oder dazubleiben, sie hätte auch längst schon gehen können, und das sei überhaupt der beste Rat, den ich ihr geben könne. So, dachte ich, würde ich reagieren, falls mir etwas Ähnliches widerführe wie dem Kollegen –, der allerdings schon vor der Lesung einen unverzeihlichen Fehler gemacht hatte, indem er gegen die Gesetze des Aberglaubens verstieß. Es war so:

CD hatte uns einander vorgestellt – vielleicht weil es sich so gehörte, vielleicht auch, weil es ihn nach fünfundzwanzig Jahren kultureller Tätigkeit immer noch mit Stolz erfüllte, Schriftsteller zu kennen und in ihrem Leben eine Rolle zu spielen –, der junge Kollege hatte ein paar höfliche und verlegene Worte mit mir gewechselt, und zum Schluss hatte ich ihm, dem vor Aufregung merkwürdigerweise sowohl rote als auch weiße Flecken im Gesicht standen, „toi, toi, toi" gewünscht. Nun weiß natürlich jeder, der jemals auch nur im Entferntesten etwas mit Theater, Film oder sonst einer Sparte des Showbusiness' zu tun gehabt hat, dass der katastrophalste Fehler, den man machen kann, wenn einem „toi, toi, toi" gewünscht wird, darin besteht, sich zu bedanken. „Niemals danke sagen!" das war so ungefähr das erste, was man auf der Schauspielschule lernte, wenigstens wenn es eine gute Schauspielschule war. Ich wusste also, dass man das „Danke", das man natürlich sagen möchte, wenn einem so liebenswürdig „toi, toi, toi" gewünscht wird, auf keinen Fall aussprechen darf, dass man es bei sich behalten und in der eigenen Brust verschließen muss, auf dass es dort seine Magie entfalte und einem Kraft gebe bei der künstlerischen Verrichtung.

Und was machte der Kollege? Er sagte „danke", und damit war sein Misserfolg besiegelt gewesen.

Als ich am Laden von „Autoren unterm Dach" vorbeifuhr, sah ich die beiden Räume hell erleuchtet und so gut wie leer. Im Inneren stand einsam, wie auf Kundschaft wartend, CD Deschauer, ein Sancho Pansa von der traurigen Gestalt. Der Anblick rührte mich. Dieser Mann mit seiner tönenden und dröhnenden Stimme, seiner Leibesfülle, seinen schon ordentlich ergrauten ehemals blonden Haaren und dem reichlich ungesunden Teint, war nicht der selbstbewusste Herrscher über Leseverein und Literaturmagazin, für den ich ihn all die Jahre gehalten hatte. Er verdiente es nicht, dass man hinter seinem Rücken auf ihn schimpfte und ihn verlästerte, nur weil er nicht die erstbeste Erzählung eines noch niemals in Erscheinung getretenen Autors veröffentlicht hatte. Nein, hier steckte in einer auf den ersten Blick etwas zu groben Hülle ein zartes und empfindsames Wesen, auf das der Vergleich von der „Muschel ohne Schale", den eine gute Freundin einst auf mich geprägt hatte, wohl ebenso gut passen mochte, wie damals auf mich. Inzwischen hatte ich mir eine, wenn auch nicht besonders rauhe, Schale zugelegt. Trotzdem ging ich, als ich einen Parkplatz gefunden hatte, nicht sofort in den Laden, sondern trieb mich noch eine Weile im Freien herum, denn ich hatte keine Lust – oder nein, mir graute davor –, zusammen mit CD Deschauer einsam und verloren in seinem Laden zu stehen und auf Kundschaft zu warten, so dass alle, die draußen vorbeigingen, denken mussten, da drinnen stehen zwei Muscheln, eine mit und eine ohne Schale, und sehen so bedauernswert aus, dass wir vor lauter Mitleid lieber gar nicht erst hineingehen.

Als ich kam, war die Hälfte der Plätze besetzt. Auch die Verlegerin Adler und die Verlagsvertreterin Wildenbruch waren da, und ja, sogar der Kollege vom letzten Mal. Er kam sogar eigens zu mir hin und sagte nun auch „toi, toi, toi", was mir ungeheuer peinlich war, weil ich dachte, er weiß nicht, dass man nicht danke sagen darf und denkt nun wahrscheinlich, ich mache mir nichts aus seinem „toi, toi, toi". Ich sagte aber trotzdem nichts, sondern nickte nur und bewahrte das „Danke" in meiner Brust, und wahrscheinlich nur deshalb wurde die Lesung ein richtiger kleiner Erfolg. Das Publikum hörte aufmerksam zu, es lachte sogar und amüsierte sich ein bisschen, und als ich fertig war, klatschten alle in die Hände, und einige klopften mir sogar auf die Schulter und sagten, ich hätte meine Sache gut gemacht. Der kriminalschriftstellernde Kollege, der, wie ich von einer aufmerksamen Beobachterin erfuhr, lange Zeit mit unbewegtem Gesicht dagesessen hatte und erst sehr spät ein wenig aufgetaut war, kaufte sogar ein Buch und ließ sich eine Widmung hineinschreiben, was nun auch schon wieder peinlich war, weil ich vor einer Woche kein Buch von ihm gekauft und keine Widmung erbeten hatte. Aber nun war es zu spät.

Mit der Verlegerin, der Verlagsvertreterin, CD Deschauer sowie einigen anderen literaturinteressierten Leuten ging ich anschließend in ein Bistro in der Knesebeckstraße, wo alle an einem großen Tisch Platz nahmen. Ich saß am Kopf der Tafel, beantwortete allerlei Fragen und trank in rascher Folge drei Glas Wein, was meine Zunge mehr löste, als mir lieb war.

Ich hatte mir fest vorgenommen und mir gewissermaßen selbst in die Hand versprochen, auf keinen Fall die alte Episode mit CD zu erwähnen, um bloß nicht als nachtragend und nicht vergessen könnend oder gar als parvenuhaft triumphierend zu erscheinen. Jetzt aber, wo ich neben CD saß und ihn vertrauensvoll und hochsympathisch von seinem Herzinfarkt und dem in dessen Folge gefallenen und wohl auch durchgehaltenen Entschluss, keine Roth-Händle mehr zu rauchen, sprechen hörte, tat ich es doch.

CD hatte die Sache vergessen. Er konnte sich auch partout nicht mehr daran erinnern, betonte nun aber mehrmals, wir froh er sei, dass ich mich durch seine damalige Zurückweisung nicht hätte entmutigen lassen. Und da wir schon beim Thema wären: Ob ich nicht etwas für die „Anschlagsäule" schreiben wolle? Eine Kurzgeschichte? Das wäre doch für beide Seiten ein Gewinn?

Die Verlegerin, die gerade mitgehört hatte, nickte mir aufmunternd zu, aber das wäre gar nicht nötig gewesen; denn innerlich, wenn auch natürlich, wie ich hoffte, nicht nach außen hin sichtbar, triumphierte ich nun tatsächlich wie ein Parvenu. Jetzt brauche ich nicht mehr darum zu betteln, dass man etwas von mir abdruckt, dachte ich, jetzt werde ich sogar gefragt! Ich hätte meinen Jubel am liebsten laut herausgeschrien und zugleich bitterlich geweint über das Elend der vergangenen Jahre, das mir in diesem Augenblick erst richtig zu Bewusstsein kam. Aber ich schrie nicht und schluchzte nicht, sondern zündete mir eine Zigarette an, bestellte ein weiteres Glas Wein auf Kosten des Verlages und sagte, ja, eine Erzählung, mal sehen, ich hätte da noch dies und das, bis wann das Manuskript denn fertig sein müsse? Und als Carl Deschauer sagte, ich bräuchte mich weder zu beeilen noch mir ein Bein auszureißen, war ich nicht etwa froh über das geschenkte Bein, sondern gleich schon wieder ein wenig beleidigt, weil er nicht gieriger und versessener auf meine nächste Geschichte war.

Kurz nach eins löste sich die Runde auf. Ich ging zusammen mit der Verlegerin und der Verlagsvertreterin zum Savignyplatz und schlug hinter beiden die Taxitür zu. Nun war ich endlich allein, konnte nach Hause gehen, mich ins Bett legen und im Hochgefühl meines kleinen Erfolges die allerschönsten Träume haben. Aber als ob mir das viele Lob noch nicht genug gewesen wäre, strebte ich nur halbherzig nach Hause. Die Richtung stimmte schon, aber nach einigen Metern, in der Grolmanstraße, machte ich halt, wechselte hinüber auf die andere Straßenseite und ging in den „Diener".

Der „Diener" war eine Kneipe, die sich für nächtliche Abstürze hervorragend eignete. Früher hatten „Zwiebelfisch" und „Terzo Mondo" noch ähnliche Qualitäten besessen, aber der „Diener" war unübertroffen. Eine einfache schummrige Kneipe, in der das Bier gut gezapft wurde, die Speisekarte kaum mehr als Nürnberger Würstl mit Kraut zu bieten hatte, und ein schwuler Kellner, der aus seinem mürrischen Gehabe einen Kult gemacht hatte, die Gäste angrantelte. An den Wänden hingen eine Menge Photos von Berühmtheiten aus Film, Funk, Fernsehen und Theater, und hinterm Tresen stand als Kontrast zum mürrischen Kellner der freundliche Wirt, der in seinem Hinterzimmer allerlei Nippes aus Porzellan aufbewahrte und gelegentlich ein Stück aus seiner Sammlung an einen prominenten Gast verschenkte.

Es gab in solchen Kneipen immer die Leute, die nur *mal* hierher kamen, nach einer Premierenfeier, oder wenn das Quartal mal wieder um war, und es gab die Stammbesetzung, die man fast jeden Abend antraf. Zu dieser zählte unter anderen „der Zapf", ein Umzugsunternehmer, dessen Belegschaft angeblich am Unternehmen mit beteiligt war, weswegen die Linken ihre Umzüge grundsätzlich nur von ihm ausrichten ließen (wenn sie nicht weiterhin an dem Prinzip festhielten, alle Freunde und Bekannten, um die sie sich lange nicht gekümmert hatten, anzurufen und mit dem Versprechen zu ködern, hinterher könne man ja wieder mal zusammen „essen und quatschen", wozu nach all der Schlepperei sowieso keiner mehr Lust hatte). Der Zapf galt übrigens als mächtig reich, aber das hinderte ihn nicht, Abend für Abend im „Diener" zu sitzen, Bier zu trinken und zu räsonieren oder zu schwadronieren oder was immer das richtige Wort für dieses nächtliche Gelalle war. Zur Stammbesetzung gehörte auch „der Hutschenreuther", der freilich nichts mit dem berühmten Porzellan zu tun hatte, sondern ein stadtbekannter – nun ja, Säufer natürlich auch, aber vor allem: – Theaterkritiker war. Ich hatte meine Erfahrung mit ihm gemacht, Herr Hutschenreuther hatte vor zwei oder drei Jahren ein Theaterstück von mir nach Strich und Faden verrissen. Das war sein gutes Recht, aber geärgert hatte es mich trotzdem. Vor allem eine, an sich ganz komische, Bosheit hatte mich zutiefst getroffen. Ich hatte das Stück einer Frau gewidmet, vermutlich aus Liebe, und der Hutschenreuther hatte diese im Programmheft abgedruckte Huldigung in seinem Rundfunkbeitrag erwähnt, den mir heiligen Namen der Frau genannt und hinzugefügt: „Möge sie damit fertig werden." Doch, das war komisch gewesen, aber ich hatte nicht darüber lachen können. Ich hatte mir sogar geschworen, wenn ich dem Kerl, dem Hutschenreuther, diesem Saukopf, jemals begegne, dann kippe ich ihm ein Glas Bier ins Gesicht, aber ein volles! Wieder und wieder hatte ich mir ausgemalt, wie ich diesem verhassten Menschen auf einer Theaterpremiere oder einer Vernissage begegnete und ihm das Glas – manchmal war statt Bier auch

Weißwein darin, Rotwein seltsamerweise nie – vor allen Anwesenden ins Gesicht kippte und dazu etwas schrie wie „Da hast du's, du Ratte" oder „Hier nimm, du Kreatur", aber ich ging so gut wie nie in eine Theaterpremiere oder auf eine Vernissage, und so war es nicht dazu gekommen. Nun war die Gelegenheit da. Ich betrat den „Diener", schaute mich um und sah an einem runden Tisch zu meiner Linken zusammen mit drei anderen Personen den Kritiker sitzen, mit glasigen Augen, eine Zigarette in der Hand, beinahe schon hinüber, wie es schien. Und dann, oh Wunder, winkte mir vom selben Tisch noch eine Frau zu, die vor ein paar Stunden bei meiner Lesung gewesen war, und forderte mich auf, an ihren Tisch zu kommen. Da saß ich also unversehens mit dem Hutschenreuther in der Absturzrunde und wartete darauf, dass der Wirt das Bier brachte, damit ich es dem Verhassten ins Gesicht schütten könnte. Die Frau, der ich es zu verdanken hatte, dass ich hier am Tisch sitzen und mit abstürzen durfte, berichtete von meiner Lesung, und der Hutschenreuther erkundigte sich höflich nach meinem Namen. Ich nannte ihn und erwartete nun natürlich, der Kritiker würde auf das Theaterstück zu sprechen kommen, das er mit soviel Witz und Schärfe niedergemacht hatte. Aber nichts dergleichen. Auch hier wieder: keine Erinnerung. Ich konnte es nicht fassen. Dieser Mensch beschädigte und vernichtete mit ein paar Federstrichen einen Autor, so dass dieser jahrelang von Hass vergiftet blieb, dann ging er in den „Diener", soff sich einen an und wusste gar nicht mehr, was er getan hatte. Auch als ich ihm den Titel des Stücks und das Theater nannte, in dem es aufgeführt worden war, starrte er mich nur in seiner Vergessenshilflosigkeit an und sagte: „An *dem* Theater? Naja, dann kann es ja nicht gut gewesen sein."

„Aber Sie müssen sich doch erinnern!" rief ich verzweifelt aus. „Sie haben mich fertiggemacht, Sie haben mich beinahe vernichtet!"

„Ach, wissen Sie, ich schreibe so viel ..."

„Und die Sache mit der Widmung? Haben Sie die auch vergessen?"

Und nun, mit einem Male, fing der Kritiker an zu lachen, er lachte Tränen, die ihm über die vom Alkohol geröteten Wangen rannen und seinen um das fliehende Kinn gerankten Bart benetzten. Er lachte ein unschuldiges, kindliches Kritikerlachen, und in diesem Augenblick kam das Bier. Ich nahm es in die Hand, hob es in die Höhe und – schüttete es dem Kritiker ins Gesicht? Nein, nein, ich lachte auch und prostete ihm zu! Wo war mein Hass? War ich jetzt ein Gesinnungslump, der seine ehrenwerten Rachegelüste verleugnete, jetzt, in der Stunde der Bewährung? Vielleicht. Aber ich hasste meinen Peiniger von einst nicht mehr, ich liebte ihn vielleicht nicht gerade, doch mein Herz war voller Zuneigung für ihn. Da saß er und soff und lachte Tränen aus einem zerbrechlich und verletzlich wirkenden Säufergesicht, das keinem Mitsäufer etwas zuleide tun konnte, und hatte doch womöglich gerade wieder einen Theaterautor, Maler oder Musiker vernichtet, ohne es zu wissen, weil er es längst schon wieder vergessen hatte. Konnte man ihm da noch böse sein? Und außerdem: war heute nicht alles gut gelaufen, die Lesung ein Erfolg, die Verlegerin zufrieden, CD Deschauer hinter einer neuen Geschichte her, was sollte man da noch an irgendwelchen längst verjährten Bierverschüttungsvorsätzen festhalten? Ich ließ mein Glas mit dem des einstigen Gegners dumpf zusammenstoßen, verzieh dem nun auf einmal liebenswert gewordenen Hutschenreuther alles Vergangene und Gegenwärtige und das Zukünftige gleich

91

mit und wankte, nachdem ich noch ein zweites Bier getrunken hatte, von einer Sympathiewelle für die Welt und
unser aller Dasein getragen nach Hause durch die Nacht.

# Ornithologie

Sie habe meine frühen Erzählungen gelesen und finde sie sehr gut, sagte Corinna, die in Wirklichkeit Kerstin hieß, zu mir, als ich sie im Auto vom Literaturzirkel bei Viktoria nach Hause fuhr, sie finde diese Erzählungen sogar viel besser als alles, was ein gewisser – ich verstand den Vornamen nicht – Lottmann geschrieben habe, der werde ohnehin überschätzt. Das war natürlich ein zwiespältiges Kompliment. Wenn etwas viel besser ist als das, was ein ohnehin überschätzter Schriftsteller geschrieben hat, dann kann es zwar nicht gar so schlecht sein, aber wie gut ist es wirklich? Da ich diesen Schriftsteller mit dem Namen Lottmann nicht kannte, konnte ich nicht ermessen, was Corinnas beziehungsweise Kerstins Urteil für mich bedeutete, dennoch freute ich mich zunächst. Erst nachdem ich Corinna vor ihrer Haustür abgesetzt hatte und wieder allein war, machte sich ein immer stärkerer Widerwille gegen ihren Lottmannvergleich in mir bemerkbar. Es war, wie mir jetzt mehr und mehr bewusst wurde, der Widerwille dagegen, überhaupt mit einem anderen Schriftsteller verglichen zu werden, sei er nun überschätzt oder zu Recht hoch gelobt. Ich wunderte mich auch darüber, dass Corinna kein Gespür dafür gehabt hatte, obwohl sie doch selbst gerade an ihrem ersten Roman arbeitete, aber Corinna war ganz offenbar der Meinung gewesen, es müsse mich freuen von ihr zu hören, dass ich besser oder sogar *viel besser* schreibe als dieser Herr Lottmann, den ich ja gar nicht kannte, wie gesagt.

Ein anderer Schriftsteller, nämlich der von mir geschätzte Hans-Ulrich Treichel, hatte einmal im Rahmen einer Lesung in Klagenfurt formuliert, dass man als Schriftsteller nicht EINER UNTER VIELEN sein wolle, sondern DER EINZIGE UNTER DEN VIELEN, und ich stimmte ihm damals, als ich dem Wettbewerb am Fernseher folgte, aus vollem Herzen zu.

Die Erzählung, die Hans-Ulrich Treichel damals vorlas, war, wie ich hinzufügen möchte, hochironisch und im allerbesten Sinne komisch. Umso erstaunter war ich, als nach der Lesung die Kritikerinnen und Kritiker sich wie ein Rudel Wölfe darüber hermachten und sie erbarmungslos zerzausten und zerrupften, wobei der damals noch ziemlich unbekannte Schriftsteller Hans-Ulrich Treichel angestrengt versuchte die Fassung zu bewahren, was ihm auch halbwegs gelang. Er wusste ja, dass aller Augen auf ihn gerichtet waren, vor allem das Auge der Fernsehkamera, und so gab er sich alle Mühe, sein Gesicht zusammenzuhalten, das doch eigentlich hätte auseinander brechen müssen wie die Gesichter, die Francis Bacon gemalt hat.

Es war allerdings so, dass Hans-Ulrich Treichel sich damals bewusst oder vielleicht auch nur halb bewusst in ein gefährliches Fahrwasser hinein manövriert hatte, in eine Antinomie. Wer sich – ob nun ironisch oder nicht – zu dem Wunsch bekennt, DER EINZIGE UNTER DEN VIELEN zu sein, der dürfte sich konsequenterweise nicht in eine Situation hinein begeben, in der er MIT DEN VIELEN um einen Preis konkurriert, und sei es auch der Ingeborg Bachmann Preis. Das passt nicht zusammen. Es widerspricht sich. Und doch – oder gerade deswegen – brachte Hans-Ulrich Treichel damals mit seiner Lesung eine Wahrheit ans Licht, die allen Beteiligten tief unter die Haut fahren musste und wahrscheinlich auch tief unter die Haut gefahren ist. Ich jedenfalls hatte keinen Zweifel daran, dass die Jurorinnen und Juroren sich vor allem deshalb so wütend über Hans-Ulrich Treichel hermachten, weil er mit seiner Erzählung den ganzen Wettbewerb als in seinem Wesenskern zutiefst kunstfeindlich entlarvt hatte. Viel mehr noch als Rainald Götz, der mit seiner spektakulären Selbstverletzung, falls man sich noch daran erinnert – er hatte sich auf dem Podium mit einer Rasierklinge eine heftig blutende Wunde zugefügt –, weniger den Klagenfurtbetrieb als sich selbst entlarvte. Die Rainald Götz-Aktion war ein Jahrmarktstrick, eine Gaukler-Nummer, eine PR-Peinlichkeit, obendrein auch noch von beispielloser Rücksichtslosigkeit, weil er dem oder der nach ihm Lesenden ein blutverschmiertes Lesepult hinterließ –, die Treichel-Lesung war eine subtile Entlarvung des ganzen Kulturbetriebs.

Denn genau genommen widerspricht ja nicht nur der Klagenfurter Wettbewerb um den Ingeborg Bachmann Preis zutiefst dem Wesen der Kunst, sondern alle Kunstwettbewerbe überhaupt. Ein Künstler erschafft einen eigenen Kosmos, eine eigene Welt, und es ist vollkommen absurd, diese je eigenen Welten in ein Vergleichsportal einzubringen und sie miteinander konkurrieren zu lassen, als handelte es sich um Waren auf dem Markt, oder als wären die Künstler nicht Künstler, sondern Sportler, die um die Wette rennen oder einen Zehnkampf nach Punkten austragen.

Meist sind es ja auch nicht die Künstler, die in diesen Wettbewerben die Hauptrollen spielen, sondern die Kulturpolitiker, Kulturbürokraten oder – wie in Klagenfurt – die Kritiker, die das große Wort führen, die Kritiker vor allem, wohingegen die Künstler in diesem Betrieb die bunten Vögel sind. War es nicht Marcel Reich-Ranicki, von dem das Bonmot stammt, die Dichter verstünden von der Literatur so wenig wie Vögel von der Ornithologie? Aber wenn die Vögel nichts von Ornithologie verstehen – was verstehen eigentlich die Ornithologen von den Vögeln?

Der Philosoph Thomas Nagel hat in seinem berühmten Aufsatz „How it is like to be a bat" dargelegt, dass all unsere wissenschaftlichen Forschungen über Fledermäuse diesen äußerlich bleiben. Wir können ihre Flugbewegungen beobachten, ihre Essgewohnheiten, können ihre Höhlen mit Kameras bestücken und ihre Schlafgewohnheiten und ihr Paarungsverhalten bespitzeln, wir können versuchen, sie zu züchten, sie genetisch zu verändern oder sie mechanisch nachzubauen, aber was immer wir mit ihnen anstellen, wir werden niemals wissen, wie es ist, eine Fledermaus zu sein.

Das ist wahr.

Ich glaube allerdings, dass Thomas Nagel in seinem Essay der Wissenschaft eine Erkenntnismöglichkeit abgesprochen hat, die sie gar nicht zu haben beansprucht. Der Wissenschaft geht es, wie Francis Bacon (nicht der Maler, der Philosoph), zu Beginn des wissenschaftlichen Zeitalters sagte, darum, die Natur so lange auf die Folter zu spannen, bis sie ihre Geheimnisse preisgibt. Interessiert es den Wissenschaftler, wie es sich *anfühlt*, auf die Folter gespannt zu werden? Will er selbst auf die Folter gespannt werden? Nein, er will nur wissen, wie die Natur funktioniert. Er will ihr Produktionsgeheimnis erfahren. Aber zurück zu den Vögeln.

Manchmal sitzen sie auch mit den Ornithologen am selben Tisch. So war es in Darmstadt bei den Kranichsteiner

Tagen. Ich war einmal dort und habe etwas vorgelesen, ich weiß nicht mehr, wer alles noch da war, an Maxim Biller erinnere ich mich, Vogel oder Ornithologe, bei dem wusste man es nicht so genau, an Hansjörg Schertenleib, der am Ende den Preis bekam, an Martin Hielscher, den Lektor, und an Alexander Häusser, mit dem mich lange Jahre eine Freundschaft verbinden sollte, bevor dann der Kontakt etwas einschlief.

Bei diesen Kranichsteiner Tagen saßen die Schriftsteller, also die Vögel, zusammen mit den Kritikern, also den Ornithologen, an einem Tisch und sprachen, nachdem ein Vogel seinen Text gezwitschert hatte, gemeinsam über das, was sie gerade gehört hatten. Es sollte so aussehen, als wäre es ein kollegiales Miteinander, aber was ist schon kollegial, wenn du eben noch neben Maxim Biller gesessen und freundliche Wort mit ihm getauscht hast, und im nächsten Augenblick, von ihm in der Luft zerfetzt wirst. Nun ja, um genau zu sein, nicht du wirst verrissen, sondern dein Text, aber jeder Schriftsteller weiß, wie schwer es ist, sich selbst und den geschriebenen Text auseinander zu halten, besonders, wenn man ihn gerade vorgelesen hat. *Nimm's nicht persönlich* ist eine Devise, die schon immer etwas Zweifelhaftes hatte, für einen Schriftsteller ist sie so unerfüllbar wie die Handlungsanweisung *Sei spontan.*

Ich war damals – es war 1995 – noch neu in der Szene und beging den Fehler, selbst ein bisschen den Ornithologen zu spielen und den einen oder anderen Text eines Kollegen oder einer Kollegin zu kritisieren. Ich fragte zum Beispiel Reinhard Jirgl, nachdem er einen schwer verständlichen Text gelesen hatte, warum er keine Anführungszeichen gebrauche, wenn er eine wörtliche Rede wiedergebe (wir hatten Kopien der Texte vor uns liegen), und ich glaube, jeder der Anwesenden schüttelte verständnislos den Kopf darüber, wie jemand eine so dumme Frage stellen konnte. Tatsächlich bekam ich keine Antwort, jedenfalls keine, die mir im Gedächtnis geblieben wäre. Jahrzehnte später schrieb ich selbst einen Roman, in dem ich auf Anführungsstriche verzichtete. Es war ein historischer Roman, und ich wollte nicht so tun, als wüsste ich, wie die Personen im 18. Jahrhundert miteinander gesprochen haben. Ich wollte gewissermaßen signalisieren: Auch wenn ich noch so gut recherchiert habe – was weiß denn ich, wie der Held damals *wirklich* geredet hat!

Ich finde, die Frage nach den Anführungsstrichen ist eine wichtige Frage, aber es war natürlich eine Vogel-Frage, keine Ornithologen-Frage, oder, um es verständlich auszudrücken, es war produktionsästhetisch, nicht rezeptionsästhetisch gefragt, wenn es denn überhaupt ästhetisch war.

Der Schriftsteller Alexander Häusser, der damals einen sehr zarten Text über einen Jungen vorlas, der für Zeppeline schwärmte und eines Tages tatsächlich einen Zeppelin am Himmel sieht und sich vor Begeisterung darüber kaum einzukriegen weiß, wurde mit der Kritik an seinem Text ebenfalls in die Hölle geschickt, was ich absolut nicht verstand, weswegen ich auch eine kleine Verteidigungsrede wagte, die von den Ornithologen aber gar nicht weiter beachtet wurde. Überhaupt scheint es mir im Nachhinein – nun ja, alles ist sehr, sehr lange her –, als sei ich der einzige Vogel gewesen, der sich damals getraut hatte, das Kritikspiel mitzuspielen. Die anderen Vögel hielten sich klug zurück, möglicherweise weil sie die Regel *Eine Krähe hackt der anderen kein Auge aus* im Kopf hatten, die allerdings eine deskriptive Regel ist, keine normative. Ich würde sie inzwischen allerdings in eine normative umformulieren: die Krähe *sollte* der anderen auch kein Auge aushacken, und ich wünschte, ich hätte diese Regel damals beherzigt. Wenn du ein Kollege bist, dann solltest du nicht den Kritiker spielen, das verträgt sich nicht. Leider kommt der Rat für mich zu spät.

Ich hatte damals das Angebot eines Feuilleton-Redakteurs angenommen und eine Reihe von Rezensionen geschrieben, nicht immer nur lobende. Es macht ja Spaß, ein Buch, durch das man sich mühsam hindurch gequält hat, nach Herzenslust herunterzumachen, insofern verstehe ich die Damen und Herren Kritiker durchaus. Man kann sich sogar, wenn es einem gelungen ist, neue und besonders treffende Verdammungsformulierungen zu erfinden, an seinem eigenen Text berauschen, ja, das kann man. Es gab übrigens damals noch kein Facebook oder Twitter, heute weiß jeder aus eigener Erfahrung, wie leicht einem die abfälligen, verurteilenden Worte über die Tastatur kommen, wenn man den Verurteilten nicht persönlich kennt. Umso peinlicher aber ist es, wenn man dem Autor, dessen Buch man gerade noch in Grund und Boden verdammt hat, auf einmal gegenübersitzt. So ging es mir mit Josef Haslinger. Ich hatte im *Tagesspiegel* seinen bis ins Literarische Quartett hinein gehypten Roman *Opernball* verrissen, weil mich die Rollenprosa, in der der fiktive faschistische Attentäter sich selbst darstellen durfte, abgestoßen, ja, geradezu angewidert hatte. Und nun begegnete ich eben diesem Josef Haslinger und fand ihn hochsympathisch und auch, wie soll ich sagen, irgendwie zutraulich, ganz anders, als ich mir den Autor des *Opernball* vorgestellt hatte. Hätte ich ihn vorher gekannt, dann hätte ich seinen

Roman vielleicht auch nicht besser gefunden, hätte das aber niemals öffentlich kundgetan.

Ich war versucht, dem Haslinger Josef zu sagen, er möge meine vernichtende Rezension bitte *nicht persönlich nehmen*, aber so verlogen wollte ich dann doch nicht sein.

Ich weiß nicht mehr genau, wo die Begegnung stattfand, es war in irgendeiner Kultureinrichtung am Starnberger See, und der Anlass war ein wahrscheinlich vom bayerischen Kultusministerium gesponsertes Arbeitstreffen von Schriftstellern, die an diesem Wochenende einander ganz ohne Preisgewinnungsabsicht unfertige Texte vorlesen sollten, über die sie dann kollegial miteinander sprechen könnten. Da waren also die Vögel unter sich, ganz ohne Ornithologen, lediglich beaufsichtigt oder moderiert von einem Vogelfänger, also Lektor oder Verleger.

Ich las am zweiten Tag den Beginn eines Romans vor, der in meiner frühen Jugend spielte oder spielen sollte, und derjenige, der meinen Romananfang am heftigsten kritisierte, war wie zufällig der Haslinger Josef, der sich damit – beabsichtigt oder nicht – für meine Rezension rächte.

Soviel zu meinen frühen Erfahrungen mit Kritikern und Kollegen.

Sie, liebe Leserin, lieber Leser, werden vielleicht bemerkt haben, dass ich drei verschiedene Situation geschildert habe:

1. Autoren, die auf sich allein gestellt einer Anzahl von Kritikern gegenübersitzen;

2. Autoren und Kritiker in einem Boot;

3. Autoren untereinander, ganz ohne Kritiker.

Im letzten Fall sind also die Vögel unter sich, und spätestens da werden sie auch selbst zu Ornithologen, so wie

Josef Haslinger, als er meinen Romananfang vernichtete, nachdem ich zuvor seinen *Opernball* vernichtet hatte – wobei „vernichtet" hier eine literarische Übertreibung ist; sein Roman war längst ein Welterfolg, was nicht zuletzt damit zu tun hatte, dass pünktlich zu seinem Erscheinen ein verheerender Giftgas-Anschlag auf eine japanische U-Bahn-Station verübt wurde, die dem fiktiven Giftgas-Anschlag auf den Opernball frappierend ähnelte.

Diese dritte Situation – Autoren unter sich oder, um den Vergleich endgültig totzureiten, die Vögel unter sich wie in dem Lied von der Vogelhochzeit, brachte mich zu der Einsicht, dass ich auf diesen Hochzeiten nicht mittanzen sollte. Es ist ja sowieso keine homogene Schar, die sich auf solchen Tagungen trifft, jeder Vogel singt sein eigenes Lied, und es ist sehr die Frage, ob der Spatz den Gesang der Amsel richtig versteht, oder die Nachtigall den jazzigen Sound der Krähe. Man denke nur daran, wie die Gruppe 47 damals Paul Celan mit seiner *Todesfuge* heruntergemacht hat. Ich weiß nicht, wie die anderen sich bei diesen Schriftstellertreffen fühlen, ich jedenfalls kam mir im Kreis der tschilpenden, tirilierenden, flötenden oder krächzenden Kollegen von Anfang fremd vor, als gehörte ich nicht dazu und würde niemals dazu gehören.

Und so wandte ich mich ab.

# Nachweise

„Beim Verleger" erschien 1993 in „Ein Essen bei Viktoria – Roman in Erzählungen" im Luchterhand Literaturverlag, Hamburg.

„Das Literaturfest" ist bisher unveröffentlicht.

„Im Literaturhaus" erschien in der Zeitschrift Litfass Nr. 58, Berlin 1993

„Seliges Vergessen" erschien im Freibeuter Nr. 70, Berlin 1996, zum Thema „Klatschgeschichten".

„Ornithologie" wurde für dieses Buch geschrieben und ist bisher unveröffentlicht.